谨以此书

献给终将逝去的村庄

边村

宋词 著

山东城市出版传媒集团 · 济南出版社

图书在版编目（CIP）数据

边村 / 宋词著. -- 济南 : 济南出版社, 2022.8

ISBN 978-7-5488-5190-5

Ⅰ.①边… Ⅱ.①宋… Ⅲ.①短篇小说-小说集-中国-当代 Ⅳ. ①I247.7

中国版本图书馆CIP数据核字(2022)第145503号

出 版 人 田俊林
责任编辑 尹利华 叶 子
装帧设计 胡大伟

边村 BIANCUN

出版发行 济南出版社
地　　址 济南市市中区二环南路1号（250002）
编辑热线 （0531）86131748
发行电话 （0531）86922073 67817923
86131701 86131704
经　　销 全国新华书店
印　　刷 山东联志智能印刷有限公司
版　　次 2022年8月第1版
印　　次 2022年9月第1次印刷
成品尺寸 145 mm×210 mm 32开
印　　张 9
字　　数 175千
定　　价 59.80元

父亲的石头宫殿（代序）

回望我坐落在黄河口平原上的故乡，首先映入脑海的就是那两间石头小屋。

那个当年温馨而今已荒凉的小院子；那排当年高大而今已破败的土坯房；那高高的房台，如今已被更高的路基覆盖；那蜿蜒曲折的黄泥小路，现在已是柏油罩面，小车飞驰。

当然，院子东南角上，那两间石头垒就的小屋，在大平原上这奇怪的建筑也早已无影无踪。如今，那里是一片菜园子，枝叶茂盛，花木葱茏。

父亲对此毫无伤感，他曾慨然道：

“本来就是牛棚嘛！”

当然，老牛也早已不在。父亲视之如命的老牛，也与时光一起走入了记忆深处。

那些石头后来送给了村里的邻居们盖房用了。那是整整一卡车石头，当时花了父亲多年的积蓄。说起来惭愧，这本来还是预备给我娶媳妇用的。在农村，家有男孩必要早做准备，置办下新房才有姑娘肯嫁。而在我们这大平原上，石头做基础的瓦房要比土坯房的档次高许多。所以，石头就成了重要的资产储备。可是，新房一时半会儿盖不了，石头一直堆着也碍观瞻。后来又有算命先生说，石头太重，会压下孩子的前程。那时我正在读高中，这让母亲分外担心。父亲一辈子坚持马列不信鬼神，在这个问题上也不禁动摇了。他说："要不就垒个牛棚得了，也让牛享受享受。"

父亲心里，除了我就是牛。

父亲属牛，与共和国同龄，也像牛一样执拗刚烈不通融。不像我，我属羊，我出生的时候，祖国这艘大船正在转舵。我的童年"是在蜜罐里长大的"，有了拖拉机，也有了白面馒头。父亲那时候，牛是家里最主要的劳动力，能干活还能生牛犊卖钱，而它吃的只不过是草。父亲把牛伺候得舒舒服服，农忙早晨喂麦糠，夏天晚上打蚊烟。让牛住个"石头宫殿"，在父亲心里不算啥。

说干就干。清理出地面，父亲就开始了他的劳作。当时父亲不到四十岁，正是黄河口汉子最精壮的时候。他抱起一块又一块椅子大小的石头，把它们垒成石头墙，垒成石头房子。他打着赤膊，汗珠在阳光下的肌肉上滚动，像早晨草叶上的露珠。他有时候被夹破手指，就把它放在嘴里吮吸一会儿。路过的乡亲们看到刚刚卸任的生产队长在做这样的惊人之举，都不禁停下脚步，热情地和他打招呼。父亲仍是老样子，笑声朗朗，看不到半点沮丧和掩饰。

父亲从十三岁务农，十六岁就干生产队长。父亲的学业断送在三年困难时期，父亲从不抱怨。

“没饿死就是命大。”父亲总是这样说。

那时候说“广阔天地，大有作为”。父亲就和他的队员们一铁锨一抬筐地改天换地，他们深入黄河三角洲的腹地，在蒿草没人的百里荒原，修水利、开荒田。当年在红旗渠，在兰考县，都在发生着这样的故事。后来，在四清工作队，在贫宣队，在良种场，父亲还是这样。喝黄河水长大的嘛，本性难移。转正的时候，领导就看中了他的实在肯干，问他“吃公家饭咋样？”父亲闷着头吭哧半天，回说还是想回村里。他的伙伴们都在那里，在河父海母的大荒洼上。

“你不说在哪里都是干革命吗？”

领导被问住了，只好随他。

生产队改村委会了，父亲又回头继续当农民。他牵着心爱的黄牛，流下辛勤的汗水，换来孩子们的衣食。孩子们嬉笑打闹，他从不过问。

“树大自直。”他说。

收罢了秋，拖儿带女地去赶骡马大会的时候，他也会把我扛到脖子上，独自站到人群后面去看马戏。我一直记得那年的马戏，狗熊、骏马、魔术、杂技，那是多么美妙的世界呀！忘记了是整整一上午还是一下午，我始终在攒动的人头上空看着。前几天偶然和父亲谈起来，我说：“您当时应该累得不轻。”

“有过吗？”父亲笑着，他已经完全不记得了。

父亲的石头宫殿垒成的时候，很多人都跑来参观。逢到赶集，邻村人也都停下车子，指指点点。后来，它几乎成为一个标志。人们指路的时候，都说“在石头屋哪里哪里”。毕竟，这里是大平原嘛，方圆千里无山无石。

老牛住得倒很坦然。干活归来，它便急切地奔进石屋歇乏。我放牛回来，缰绳随意搭在牛背上，它也能穿过村街，经过院子，直接走进石屋里去。老牛在这里生儿育女，步入晚年。我接父亲离开的时候，牛已经很老了，牙口也像父亲一样已经不行了。父亲把它卖给了邻村的老光棍。那天是我陪他去的，父亲又给老牛顺一遍身上的毛，嘴里嘟哝着：“我属牛，你娘身体不好，这辈子也多亏了牛。”不知道是说给我听还是给牛听。我们走出院子的时候，我看见老牛眼里滚出了花生仁大小的泪珠。父亲走在前面，用手擦着眼睛。

父亲没有收老光棍的钱。我们选择送给他，是觉得他无亲无伴，也许会给老牛一个善终，也许吧。

石屋拆除的时候，我正在忙着装修城里的楼房，好把父亲接出来。院子拆了，石头卖了，他与村子最后的脐带断了，父亲成为一个普通的进城老人，开始变得絮叨、惶恐、木讷、魂不守舍，正在越来越像一段呆木头。

父亲生于1949年，卦书上说，属霹雳火命，一巴掌能打死人。我确实看过他手上的断掌横纹。而我，生于1979年，卦书上说，是太阳火命。普照四方以利万物，性情温和与众人相宜。在商业社会，这是最好的生存品性。

在属于他们的年代，父亲确曾发出过耀眼的光亮，像暗夜里的一道闪电，虽然在转瞬之间就消逝了，但就如同那菜地上曾经耸立过的石头宫殿，仍然留存在很多人的记忆里。当然，也仅仅是在记忆里。

宋词

2010年12月于蝉蜕小居

第三章 开荒纪事

目录

目录

第四章 边村列传

第一章　边村本纪

我们那里没有什么历史，不过地面儿倒是宽展，家家都有一个大院子。村里的人家都没有围墙，远远看过去，就是一口一口的房子孤零零站着。

新淤地

我打开话匣子，纯粹是一时巧合。

没有了绿皮火车那种“吭哧吭哧”的颠簸，现在的高铁平稳而又舒适。我慵懒地坐在座位上，扑面而来的是广袤的田野、山峦、河流和树林。那些庄稼像衣服上细密的针脚，在大地上绽放着大朵大朵鲜艳的图案。

我像乘跨着一匹骏马，奔驰在辽阔的大地上。

时间是上午，阳光很明亮。等到那个漂亮的姑娘一上车，我倦怠的双眼一下子就睁大了。她长得很像小红，我仿佛觉得她就是小红刚离家出走时的样子。她捏着票，一路走一路查看着两边的座次号。我盼望能跟那个姑娘坐近些，这列经停济南的 G211 次列车，到上海需要四个小时。她找到了自己的座位，幸运的是就在我的旁边。她当然不是小红，但我还是愿意跟她聊聊天儿，于是我就跟她攀谈起来。没想到她比我还健谈，听说我是土生土长的东营人，她就摇着我的胳膊，央求我讲一讲黄河入海口那里的故事。这倒一下子把我难住了。

讲什么呢？

我陷入了回忆。

对于新淤地来说，我们那里没有什么历史，不过地面儿倒是宽展，家家都有一个大院子。村里的人家都没有围墙，远远看过去，就是一口一口的房子孤零零站着。到冬天，就像一只只笨拙的狗熊，在大太阳下暖洋洋地趴着睡觉。我们黄河口的大院子，家家有四五十米宽、七八十米长。上院里用土垫起高崖头，有住房、厢房和农具仓廪，还有鸡窝狗窝牛棚马圈，养着鸡鸭鹅。下院里是场院，边上堆着柴火垛，还有几畦蔬菜。草木葳蕤，与远处的庄稼地连成一片。茅厕一般在西南角上，也有在东南角的。厕后都有一个大猪圈，不为养猪为积肥。圈后往往还有草料垛子。

我上高中的时候，有同学问我们那里的院子有多大。我告诉他，大年初一我去给爷爷送饺子。爷爷的房子在我们家前边。我端着一个大海碗，盛着冒尖的饺子，忍不住嘴馋，一边走一边就捏起一个来，吹一吹热气，哧溜哧溜地偷吃。我下了自家崖头，走过堆满了柴火垛的场院，又上爷爷的崖头，到他房门口，一碗饺子正好吃完。

我们那里过年，大年三十晚上要喝白菜汤。因为饺子是留给大年初一的。年三十晚上应该好好炒几个菜，喝一壶酒。可是小时候蔬菜大棚还不普及，一到冬天，家家都是腌萝卜和大白菜。门外边放口灌满水的大缸，白花花的老盐粒子，一大缸青萝卜能吃半年。到了夏天，上面往往漂着一层绿沫。冬天可是要把它用草苫子围起来，金贵着呢。三九天，北风那个吹，大缸能冻成一整个大冰坨子，一巴掌厚的缸壁也扛不住，能冻裂喽。存储大白菜就方便多了。宅基崖头下挖个坑，把白菜埋进去，记得要留一个草把子做出气孔，这是顶要紧的。爷爷曾郑重地告诫我说："不留个气孔，还不把它憋死喽？"

在这退海之地，乡亲们把土里生地上长的所有，都视作活物。有时候爷爷在小菜园子里干活，会喜笑颜开地跟菜们说话。母亲对着满院子乱跑的小鸡仔，也会生上半天气。其他如地里跑的野兔啦，天上飞的老鹰啦，河里游的鲫鱼啦，真是再平常不过的事物。我熟悉周围荒原上的一切，了解哪一个土堆后面是老鹰吃鸡的餐厅，那儿隔三岔五就遗落下一堆鸡毛。有一次，燕子娘坐在堂屋里扒棉桃，眼看着自家的老母鸡被老鹰一个俯冲下来叼走，她冲出来，扯起嗓子喊的时候，老鹰和老母鸡都已经没影儿了。我们几个孩子箭一般地冲出村子，奔向郭家坟一个大土堆后面，跑到那里一看，老鹰刚刚吃了一半，见我们赶来，丢下老母鸡，双翅一扇冲天而走。我们把那半只可怜的老母鸡拎回来，中午在燕子家喝鸡汤。

我们村子周围有些小河沟是通着大海的。有时候涨潮，也许是咸淡水交替吧，不知怎的会把很多鱼呛上来。那年，表哥来村里卖苹果，空出了两只半人高的柳条筐，正碰上村后的河里呛了鱼。我们站在水里，根本不用动，只是弯腰捡，都是半尺长的鲫鱼和鲢子，一会儿就装满了两大筐。还有一次，我从学校里回来，去村里串门，看到家家都吃蘑菇。我好奇地询问，村里人很实诚，告诉我是在村西林子里捡的。第二天一早，我拎上一条洗干净留着装粮食的化肥袋子，骑车去了村西大树林子。蓊蓊郁郁的密林中间有一小片空地，草稞子里满是白花花的蘑菇，一个个顶着小帽子，肥嘟嘟的，我们当地叫刺蘑菇。草叶上还沾满露珠，晨光从树叶子里洒下来，没有一个人，就像仙境一样。我不忍心打破这宁静，在那里静静地坐了半个小时。一直到有人来了，我们才一起拾起来。

也许是我们小村离着蒲松龄的故居不远吧，所谓“齐谐者，志怪者也”，在过去，我们那里人都信狐仙草怪。刺猬也是四大草仙之一，地位与狐狸齐名。大荒原上狐狸并不常见，黄鼬倒不少。黄鼬就是黄鼠狼，也算草仙之一。燕子爹就遇到过一件怪事儿。有一天晚上，燕子奶奶忽然四脚朝天，手乱抓脚乱蹬，口里咯吱作声，燕子她爹心觉有异，提了手电筒在院子里四下照去。走到南屋，农具散堆在地，见一个播种用的耧仓里，一只黄鼬不知怎的掉落中间，正四肢朝天没个抓挠处，口里吱吱似喊救命。燕子爹甩手一砖打将过去，那耧倒了，黄鼬从耧仓里窜出，眨眼跑了。回房看他母亲，已经恢复如初。

我们村里曾经有过一位老曾爷，说不上是哪里人氏，据说他会聚老鼠。不知道这个字是聚集的“聚”，还是拘留的“拘”。我们那里人都读阴平声。说他家的粮食口袋被老鼠咬了，他也不生气；后来面口袋也被咬了，他还不生气；再后来吊在梁上的高粱饼子又被咬了，他终于生气了。到晚上，他让家里人都出去，自己盘腿坐在炕上，口中念念有词。不一会儿，四面八方的老鼠都涌到他家，地下密密麻麻全是老鼠，挨挨挤挤的，也不乱咬乱叫，都坐好了，像上课一样。他清清嗓子，开始训斥它们，那些老鼠都低着头挨训。训毕，他再念一遍散会的咒，那些老鼠哪儿来的哪儿去，顷刻间走得一个不剩。从此他们家的东西再没被老鼠咬过。

我没有见过老曾爷，只见过他的儿子小曾爷。那时，小曾爷也已经很老了。传说他小的时候老曾爷曾经把咒传给他，不过他学得不认真，长大以后家里也是闹老鼠，他也曾经聚过老鼠。那一天他也让家里人都出去，自己盘腿坐炕上，口中念念有词。不一会儿，老鼠都来了，他开口训斥它们，老鼠也低着头听着。训完了，该散会了，他忽然把散会的咒语忘了，自己卡壳在那里。时间长了，老鼠们在地下等得不耐烦，都抬起头来看他，蠢蠢欲动，想要扑上来，他吓得尿了裤子。

大人们每次讲到这里，就开始阐明中心思想：这个故事是告诉我们要好好学习。我最关心后来小曾爷是怎么逃出来的，但是没有人告诉我。

我们那里还有一种生物，叫皮子。也许是熊罴的“罴”或者山海经里出现过的“貔”吧，反正我没见过。小时候，娘经常给我们唱儿歌：“皮子娘，好狠心，扯两扯，扽两扽。”同时，她就用手把我们扯起来悠着玩。村里老人说皮子能学人说话，如果哪个孩子花言巧语特能说，我们就都管他叫话皮子。传说一个人待在野外，就会碰到皮子，这时候可千万别听它忽悠你，你就要捂紧耳朵，要不然你就上当了。我在野外可从来没有碰到过，为此很着急。有时碰到特别大特别大的老鼠，跟父亲的雨靴那么大，它们能挖深深的洞，储存很多粮食，可是父亲说那只是田鼠而已。终于有一天我碰到了皮子，它看上去比兔子还大，头像小狗，毛金黄金黄的，闪着油亮的光泽。它非常机警，看到我后立刻钻进洞里，随之地皮上就隆起一条蓬松的线，眼看着冲我延伸过来。我情急之下，拿铁锨往地上一插，那线戛然而止，然后拐弯向远方去了。它挖土的速度太快了，快得能赶得上自行车，让我惊叹不已。

可是父亲说，它叫地皮子，也叫地拨猴，学名叫旱獭，并不是我要寻找的能学人说话的皮子。

还有一种我心念已久的东西叫妈虎。我爷爷说他小时候跟着他的父亲来这里，那是在夏天，这里人都住在上头，上头就是北岭啦盐窝啦这些老镇店。那时候这里都是大荒洼，并没有长住的人家。水往低处流，所以高处那些老镇店叫“上头”。我们去老镇店，有时候就简称“上去”。那时候，到了夏天，人到这里来，开垦一些荒地，秋天再来收获粮食。这里有的是荒地，长满了野草和野绿豆，还有茶棵子和大片的老鸹瓢，都是吃食。因为路远，来一趟要住几天，晚上他们住在地屋子里。地屋子半人深，上面再垒半人高的土墙，用草盖上顶。也有直接住帐篷的，用草个子攒起来，搭个草顶子遮风挡雨。到晚上，就要把一碗粥放在帐篷外面，这就是给妈虎吃的。妈虎好像是一种豺或者小狼，有点儿像野狗，传说是吃人的。晚上它寻过来，看到门口有一碗粥，吃了舔舔嘴唇就走了。如果没有，就会闯进来吃人。

我没有见过妈虎。我小时候村里有一个婆娘，就是小不点儿的姥娘，她性子属炮仗的，自家孩子受一点点委屈，就大喊大叫地找上人家门去。她的外号就叫“妈虎”，不过没有人敢当面这样叫她。

蛇在我们那里叫长虫，仿佛把它叫成虫子会让人胆大一些。不知怎的，那几年我们家老院子里蛇特别多。抱柴火的时候，会有蛇从柴堆里窜出来；上茅厕的时候，就有蛇从墙根儿下爬出去；甚至于下院子的土崖头，去看姐姐种的喇叭花，也会有蛇在花下盘着。气得母亲把花都拔了，把小花圃平了，姐姐眼里汪了泪。没办法，母亲怕蛇怕得厉害。

这越怕越来。晚上母亲从茅厕回来，上院子的崖头，看到横过路来的一根树枝上挂下一段绳子头。母亲是过日子的人，她口里埋怨着父亲，就伸手去扯，一条大花蛇忽地把头昂起，吓得母亲“哎呀”一声，蹲坐到地上。

又有一天，是忙麦收的时候。母亲从场院里回来，赶着烧水，男劳力们汗珠子流成了小溪，抢收抢种，耽误不起工夫。她一看早饭锅没刷，着急忙慌地去东屋闲灶上，一掀锅盖，一条青蛇盘在锅里。

怕是惹了蛇神了吧？乡亲们都来慰问。那时候母亲已经落了病，请医吃药都不好转。白天是个整劳力，到子夜钟敲十二点的时候，她就准时醒来开始偏头疼，一直到窗户棂子发芽儿（亮了），东方现出鱼肚白，咔噔一下病就好了，白天接着下地干活。母亲烦了也会苦中作乐，说："我这病好，不影响干活，要不咱别治了。"不治怎么行？燕子娘就建议把院子里都扫除了，可是这么大的院子，外头又连着庄稼地，根本就是不可能的嘛。

且说我家西南角的猪圈，是全村最气派的。圈旁有一株大桑树，高逾数丈，亭亭如盖。到了五月桑葚成熟，母亲就拿一根大桑木扁担，抽打那大腿粗的枝杈，墨黑的桑葚纷落如雨。母亲捡了，装在搪瓷做的大海碗里，左邻右舍的送一送。这活儿一般都是我的，送人东西，留下满足。后来母亲听人说，家里有桑树不好。因为什么呢？好像是"桑"与"丧"同音。真是愚昧啊，他们没有读过《三国演义》，那刘玄德家住楼桑村，家里就有一棵大桑树亭亭如伞盖，这是帝王之相啊。可惜那时我也没读过，那棵大桑树终究被伐倒了，合抱粗的树干被截成几段，堆在下场院里的菜地头上，好像要做什么家具，一忙也给忘了，就那么堆着。可巧那年夏天连阴雨，一下十来天。早晨去摘菜，看见树干上长出一大片黑乎乎的蘑菇来。父亲鉴定以后，说是木耳，可以吃的。母亲就摘下来，配上葱花炒了一大锅。父亲说金针、木耳、黄花菜，都是极珍贵的，一般大饭店里炒菜也只是当作佐料使。我听此说，自己吃了一海碗，咯吱咯吱挺脆的，像吃猪耳朵。

到冬天院子里就萧条很多。“远近横着几个萧索的荒村，没有一些活气。”如果是大太阳天，村庄就懒洋洋的，仿佛晒太阳的老头。那时候我们学了《闰土》，雪后也扫出一块空地来，撒上谷粒，支起箩筐来捉麻雀。雪人是堆不起来的，我们这儿雪粒松散，不似南国那般湿润粘连。

开春了，人和老牛都要抖擞精神，投入到春耕当中去。“是需要给牛上些好草料了。”父亲一边嘟哝，一边拿了簸箕，走到猪圈后面，钻进已经见底的草料堆里。蓦地一声尖叫，父亲仓皇退出来，复又乱寻了铁叉、铁锨，把草料堆顶上的泥封盖子尽行铲去。

草料堆底下，露出来一个由几十上百条蛇缠成的大肉蛋。那些蛇头向四围伸展，吐着红芯子。它们的身子又被其他蛇的蛇身压盘缠绕而挣脱不开。

父亲拿了耙子，嘴里念念有词，把“肉蛋”虚虚地钩了，半推半拉地赶往院前庄稼地里的沟汊子去。沟汊子是黄河故道冲出来的，那里碧水清清，芦苇丛丛，应该是个好所在吧，反正已经开春了，“有的是工夫，有的是希望”。

后来我们家的院子里就没有那么多的蛇了。但是母亲久病成医，已经从请人收魂变成替人叫魂了。如今父亲垂垂老矣，不复当年勇。有一次我问他：“您当年可真勇敢，您不害怕吗？”老人家一笑，老脸上闪过一丝羞赧：“我是木（没）办法啊，要不是为了你们娘仨，我早跑了。”

恋 爱

多年的父子成兄弟。跟父亲聊得多了，他也说一些还没有我那时候的事儿。有一次聊得欢畅起来，他说起村里的小巧。“她年轻的时候喜欢我。”父亲得意地说。

我回想一下，记得此人开朗外向，是一个笑起来嘎嘎的婶子。我上学经过她家门口，她总是上来摸我的头，说：“给我当干儿子吧。”

这一想有点儿对上茬口了。我就像郭靖问周伯通一样不断追问“后来呢？”“这还用问，娶了她哪有你。”小巧后来嫁给了郭俊臣，有个女儿叫小红，这我都知道。“还有你不知道的哩，”父亲神秘地笑着，已经陷入了回忆，脸上是迷醉的表情，“她还有个姐姐叫小贤，那是真俊啊。”

那年也是下了雪，村里的高山坐在我家里喝茶。我放学后看见他很高兴，他是村里打毛（猎）的，有一杆猎枪，经常扛在肩上走向荒野。他胸前挂着一个葫芦，里面装着火药。太阳落山的时候他就回来，枪杆上挑着成串的兔子，有时候也有黄鼬。

黄鼬的毛皮金贵，打上沙眼就不好了。高山告诉我们，兽有兽道，只要认上脚印，就能抓活的。他喝完一口茶，说："套兔子要有耐心，这黄鼬比兔子还狡猾。我再去看看，下了雪脚印更清楚，我前几天看得不会错。"

高山在我们家茅厕外边的墙根下找到了黄鼬的小路。那里是芦苇丛的边缘，枯篱笆上钻出一个麻雀大小的洞眼，地皮磨得发亮。我看见他把铁丝弯成一个圆圈，卡在小路上，又踱回来慢慢喝水。

听到一阵吱吱叫，他奔过去，提了一只黄鼬在手，眉开眼笑地走了。这个浓眉大眼的高大汉子，在雪里的脚印好大。我跟燕子反复把小小的脚丫放进去，盼望着能把那个脚印填满。母亲在屋里兴奋地说："怪道鸡窝里光丢鸡蛋呢！"

"高山为啥不结婚？"我忽然间涌起对英雄遭遇的不平。

"他和狐仙相好。"父亲磕一磕鞋底上的雪，漫不经心地说。

那年村里组织社员去入海口割苇子。社员就是村民，村子当时叫生产队。他们带上干粮，一走就是十多天，牛拉着地排车走进荒原深处，夜里把车竖起来搭窝棚。好几个人挤一个窝棚，一是暖和，二是壮胆。独有高山一个人睡一个窝棚，他不怕。他说一个人更自在，不愿意跟这些臭咸鱼挤在一起，打呼噜放屁吵得让人烦。到了晚上，几个年轻人躺在窝棚里睡不着，就有人提议去吓唬吓唬高山。燕子爹他们几个爱开玩笑的就爬起来，蹑手蹑脚奔过去，一推竟然开了，里面没有拴。看窝棚里黑咕隆咚的，连点儿喘息声都没有。他们不敢进去，正嘀咕着要退回来，猛一回头，一个高大的黑影挡在面前。他们揉眼睛定睛看，月光下啥也没有，只有远处的夜枭喋喋地叫。“我滴（的）娘哎！”他们发一声喊，争先恐后地奔回来，互相搂着瑟瑟发抖。父亲就从被窝里探出头来笑他们胆子小。

后来半夜里有起来撒尿的社员说，听到高山的窝棚里有女人的声音。当时他正尿到一半，依稀听到对面高山的窝棚里有人说话，仔细听，还有女人细声细气的笑声。看对面还是黑乎乎的，半点光亮也没有。他吓坏了，掉头就窜回来，哧溜一下钻进被窝，再也不敢露头。不过这次谁也不敢再去，怕冲撞了狐仙沾了晦气。渐渐地，大家都知道了高山有狐仙相伴，到了晚上就聚在这边看那边窝棚的动静，连那些把窝棚搭在远处的女社员都有壮起胆子来看究竟的，她们三五成群，拉拉扯扯地过来，嘻嘻哈哈笑闹一阵子，相当于饭后的娱乐，至于看不看得到狐仙，也没有人很在意。

白天，她们就开高山的玩笑。她们说：“把你那狐仙媳妇领出来瞅瞅呗。”这里面小巧闹得最厉害。他们俩从小在一起玩，随便惯了。小巧不是亲生的，她和姐姐都是孙长善抱养的。孙长善家大娘一辈子不开怀儿，就抱养了两个女孩养老送终。老两口对小巧很溺爱，任她跟半大小子搅在一起也不管，他们的希望在小巧的姐姐小贤身上。

小贤是村里的传说。她天生就会唱歌，那嗓子比郭兰英还要强十倍。全村人都这么说，不由我不信。她长到十七八岁，无论是公社还是县里，只要是开大会，领导讲完话都会习惯性地说："让孙小贤来一个吧！"人家也不害羞，而是落落大方地站起来，开口就唱。什么"我家的表叔数不清"啦，"洪湖水呀浪呀嘛浪打浪"啦，那时候也没有现代的音响设备，几千人的大会场，凭的可是真嗓子呀。

那时，父亲担任生产队长，小贤是文艺骨干。两个人经常骑着全村仅有的两辆老式国防牌大轮自行车，相跟着去公社里开会。有一次散会晚了，他们就赶夜路回家。父亲有一只手电筒，算是队里的公用电器。麦收的时候夜里要巡逻看麦场，值班的社员就拿着它四下里照。那些半大孩子很渴望，用各种办法贿赂，软磨硬泡要过来，用它照知了，爬到屋檐下用它掏鸟窝，都是很有用的工具。那些呆鸟看到亮光，竟然一动不动，等着人们去抓。也许在那一刻，它们的心里以为天神降临，因为这黑夜里的强光，绝对超出了它们的认知范围。

"哎呀"，小贤忽然娇呼一声。父亲停下车子，看到小贤摔倒在路旁，自行车压在她身上。他急忙奔过去，把小贤扶起来，看了看车子，车把扭成了麻花，已经不能骑了。

"要不，我带你吧。"父亲犹豫了一下，试探着问。在我们那里，男人是不能随便用自行车载女人的。只有结婚的时候，男人会借上一辆自行车，有心的还会在车身上密密地缠上一圈红绒线，穿上一身崭新的中山服，戴上新帽子，胸前别一朵大红花，骑着车子去迎亲。那一天，出嫁的女子就会穿上红袄红裤的新嫁衣，提一个花布包袱，稳坐在男人的车后座上，在孩子们的追逐哄闹声中，一脸羞红地低着头，随着车子扬长而去。

据说燕子爹迎娶燕子娘的时候就闹过笑话。燕子娘是北岭人家，嫁到大荒洼里来有点儿下嫁的意思。两个村子隔着好几十里，那时候都是媒人介绍，也没有机会多聊。上车前燕子爹说："抓好。"燕子娘害羞，低着头答："嗯。"燕子爹真是很疼惜这个媳妇,就又嘱咐:"路远,可千万甭松手。"燕子娘又答："嗯。"走到八里庄，前轮轧上一个土坷垃，一下子人仰车翻，俩人都跌倒在地，车子压在燕子娘身上，燕子娘的新衣服上沾满了土。燕子爹爬起来，掸掸身上的土，想把车子扶起来，燕子娘倒在地上，双手死死地抓着车后座不松手。

"你松手啊。"

"俺不。"

"你咋不松手？"

"你让俺抓好，可千万别松手。"

小贤倒是没有那么封建。她大大方方地上了父亲的车子，一只手替父亲打着手电。父亲两手捉把，目视前方，浑身充满了力量。月亮照着路旁半人高的荒草和远处田里的庄稼，夏虫唧唧，清凉的小风吹着。随着一次颠簸，小贤顺势揽住了父亲的腰。父亲浑身燥热，很快后背就全湿了。

路过郭家坟，看着那些高大的土堆在田野里黑黢黢地耸立，小贤身上一个激灵，随后就将身子靠在父亲背上，把父亲整个搂住了。感受到背后传来的绵软，父亲一激动，车把一哆嗦，俩人翻倒在路边的草丛里。

父亲爬起来，看到小贤还躺在那里哧哧地笑。父亲就问："你笑啥？""让你在人前吹牛，说十三岁就下庄户地，没有啥是你弄不行的。明天我就告诉人，说你怕鬼，到郭家坟平地里摔跟头。"父亲急得伸手去捂她的嘴，手却被抓住了，不知怎的，俩人就滚在了一块儿。父亲的鼻子里涌进了一股淡淡的青草香，手滑腻绵软得像抱着一包棉花。他的头不顾一切地埋进那堆绵软里去，一个硬物硌着他的嘴唇，他一着急，就用牙把它咬下来。含在嘴里的是一个纽扣，一团白晃晃鸽子一样扑棱棱蹦出来，父亲一头扎下去，耳边就响起一声嘤咛。随后四只胳膊越箍越紧，父亲的胸膛里像烧着一把火，他喘不过气来，一个翻身，俩人就滚出去好几圈。青草像柔软的大床，星星像屋顶上的壁灯，他的胳膊被刺了一下。他扭头，看到一只小刺猬正团成一个小圆球，浑身白亮亮的刺在月光下闪烁，上面沾着几滴血珠，看来这小家伙没来得及躲开就被冲撞了。

父亲站起来，一脚把它踢开，随后也把小贤拉起来。小贤理了理蓬乱的头发，又伸手替父亲摘掉头上的草叶，一张脸在月光下脆生生的白。

父亲重新上车，开始蹬起来。那月亮像近了，近在眼前，月光反而迷蒙地看不清，整个人就像身在云彩里，车子高高低低地走，始终没有尽头。看两边，一直是黑黢黢的坟地。他们走啊走啊，路怎么也走不完。

“碰上鬼打墙了。”父亲焦躁地说，“你看这车辙印子，还是咱们的。”

“唉……”身后传来小贤的应答，迷蒙慵懒，仿佛远远传来的梦呓。父亲停下车子，扶小贤下来，看她眼神迷离。

“你是不是掉魂了？”父亲强笑着问她。

“许是吧，觉得身子软得没劲儿，也许是刚才出汗受风了。”

父亲知道小贤轻易不掉魂。小孩子掉了魂，都要到胡四奶奶那里去收。胡四奶奶八十多岁了，不过也有说她一百多岁了，总之她说多少别人就信多少。因为我们村里人都是她接生的，谁也不知道她到底有多大年纪。

她住在村子外面的老槐树底下，那棵老槐树在小河沟西边，有一搂多粗。她的小院子干净整洁，两间小趴趴屋里只有简单的陈设。大人们趁着晌午忙完了地里的营生，就背着自家软塌塌的孩子走进院子，说：“四奶奶，孩子吃不下饭，也没力气，你看是掉魂了？”

胡四奶奶就把她的烟袋锅子从嘴上拿下来，在鞋底上磕一磕，说：“我看看。”

胡四奶奶转头看孩子，那枯树皮般的老脸瞬间就涌满了笑意，仿佛一朵褶皱的菊花开放了。她亲切地拍着孩子的头，让孩子躺倒在她的小土炕上。那炕凉飕飕的，很舒服。胡四奶奶轻抚着孩子的头发，嘴里念念有词，一会儿，孩子就睡着了。老人说："不碍事。"于是父母就欢天喜地地把孩子背回来。往往回到自家的炕上，孩子还没有醒，而是接着睡一个大觉，醒来，一骨碌爬起来就活蹦乱跳地跑出去玩了。

胡四奶奶是公家的奶奶，因为不管是爹还是儿子都这么叫，也不管辈分乱了套。我小的时候是她家里的常客，因为我三天两头掉魂，还经常发烧，有时候烧得烫手，三天三夜降不下来。母亲吓白了脸，急得半夜里光着脚去求胡四奶奶。胡四奶奶教给我娘一个方法，用白酒搓洗前心后心和头顶脚心。这招真管用，以后再高的烧也能退了。那半夜里凉凉的滋味至今我还记得。后来母亲用这招给我的孩子退烧，招来医院大夫的一顿训斥。他说搓洗手脚是可以的，洗头顶会把孩子激傻的。母亲对此不以为然，说眼前这个都四十多了，就是我一直洗过来的。我看了母亲一眼，心里好一阵后怕。

那天晚上，父亲陪着小贤在坟地里坐了一夜。等到村里公鸡一叫，晨光中依稀辨出路来。那些黑黢黢的山峰退回成一个个小土包，原来它们离村西的场院就在咫尺之遥。

婚 事

父亲十三岁下地干活，十六岁就当队长。他念书的时候成绩很好，还跟部队转业来的罗老师学了篮球和胡琴。罗老师是南洋人，琴棋书画没有不会的，还参加过抗美援朝，不知怎么被安排到我们小村子里教书。他二十来岁，领着一群半大孩子，自己动手建造篮球场，制作胡琴，用废板子钉画架。父亲是班长，总是跟在他屁股后面。上完四年小学，又上了两年完小后，父亲以第一名的成绩考入县里的初中。罗老师牵着他的手，一直把他送到家里，告诉爷爷，要让这个孩子读书，他读书有出息。

爷爷和善地送走了罗老师，回来却把通知书揣起来了，因为那通知书上写着，学费需要八块钱，这在当时可是一笔巨款。父亲不死心，晚上偷翻了粮食袋子里埋着的手绢包，里面还有十块钱。父亲怯怯地去问爷爷："是不是不让我上学了？"爷爷说："没钱，上那干啥？"父亲质问爷爷："咱家不是还有十块钱吗？"爷爷说："交了这次，那下次呢？"父亲没有办法，趴在炕上哭了一天一夜。第二天爬起来，肿着红桃样的眼睛，扛起比他还高的锄头走向田野。家里开始多一个挣工分的劳力，用以养活比父亲还小的三个姑姑和小脚的奶奶。这个十三岁的男孩，从此开始了他终其一生的农民生活。在田野里，父亲很快适应了农业生产的种种辛苦，并开始品尝集体劳动所带来的快乐，他迅速成长为一个沉稳坚定和富有远见的青年队长。他和他的队员们在大荒洼上修水利，开荒田，做出了骄人的成绩。当然，这是后话了。

父亲在村里有一个致命的弱点，我们家是单门独户。在搬迁过来的人家当中，爷爷只有父亲一个儿子。这种情况也有很多，比如孙长善家，只有两个女儿，这在村里被称为“老绝户”。意思是女儿出嫁以后，这个家就没人了。百年以后于现在的生活有什么影响呢？村里人可不这么认为，他们会在很多小事上欺负你，觉得你没有翻身的机会。幸亏父亲豪爽仁义，有很多朋友都愿意支持他。“儿子顶用”，这也是破解这道难题的一个方法。我们那里有句俗话叫“有儿不怕赊账”，就是说的这个意思。孙长善可就没那么幸运了。他老了，只有两个女儿，所以女儿的婚事对他们家来说就变得很重要。尤其是小贤。

小贤是长女，人长得漂亮，歌还唱得好，这在村里简直是人尖子。没有不喜欢她的，最眼热的是陈家的老八。

陈家在村里势力很大，弟兄八个号称“八虎”。陈老八迷上了小贤，最着急的是他七个哥哥。他们手把手教弟弟去给小贤送红方巾，送雪花膏，去给老孙长善家挑水。“七虎”还一起向人说，小贤是他们家八弟媳妇。见小贤还是不松口，“七只虎”领着几个本家叔伯找到大队部来：“队长，你给小贤说说。”“队长，小贤不同意俺家老八，就让她下庄户地，甭想再去开会唱歌。”

“现在是自由恋爱！”父亲生气地把他们撵出去。

“队长，你不会是也喜欢小贤吧？”

“告诉你，小贤是俺家八弟媳妇。你如果喜欢，就是以权谋私。到时候让你队长当不成。”

人们闹闹嚷嚷着，小贤走过来，黑影里没有人认出她来。她就拨拉开人群，大大方方地走到灯影下边，看着脸皮急涨成紫红色的父亲，她回身对着大伙儿朗声说：“队长是无产阶级的好青年，俺配不上他。老少爷们别给他好名声上泼脏水。”

她又转头去看陈老八：“你站过来。”

陈老八嗫嚅着，身子不自觉地往旁边缩了缩。几个哥哥从后边推他，他只得畏畏缩缩地站到人前来。

“你真想娶我？”

陈老八点了点头。

“俺答应你。不过俺有个条件，俺爹的土屋快倒了，你知道，后座子用木头撑着，夏天雨水一泡就不行了。俺家没有男孩，你三天给俺盖起一口屋来，俺就嫁给你。盖不起来，以后这事免谈。”

我们那里盖屋，都是先和泥脱出土坯来，再用晒干的土坯垒成墙。脱坯是农活四大累之一，把和好的掺有麦秸的泥倒进模具里，抹平，等太阳晒干。这些活不光用力气，还要有技巧。最重要的是需要时间。光晒坯三天就完不成。

“这事不可能嘛！”陈家兄弟们闹嚷起来。但是万事抬不过一个“理”字，既然人家划下道来，他们也只能骂骂咧咧地走散回家了。

小贤把大辫子往脖子上一甩，回头就走，没有看父亲一眼。

世界上很多事怕就怕一个“巧”字。脱坯盖屋是我们那里的传统，我们村里人大部分都是从寿光迁过来的，祖祖辈辈都是这样盖屋。寿光在黄河口的东南方向，西北方向是无棣。那天张大旦家正好来了一个无棣的亲戚，张大旦跟陈老六是连襟，他就把亲戚领进了陈家的堂屋。

孙长善家盖屋成了村里一景。大家都聚拢来看稀奇。砖做的地脚上，和好的泥直接往上倒。陈家弟兄八把泥叉，赤着脚，来回踩着。那泥比以往和得稠，等再高些，就把泥叉甩起来，把泥往上掇。

“掇屋来，陈家直接掇屋来。”众人看西洋景一样哄闹着。

三天以后，一座新房子矗立在村子的西南角上。到年底，陈老八顺利把小贤娶过了门。

从此以后，我们那里盖屋，都开始使用这种用泥直接掇屋的方法。

小贤和陈老八本来是小二黑和小芹的故事，结婚一年后却发展成了李二嫂的故事。小贤在台上唱《李二嫂改嫁》，在台下也要学习李二嫂。小贤要离婚，全村皆惊。要知道那时候，离婚被视为伤风败俗。这个全民皆知的“大明星”理应成为道德模范，现在一下子走向反面，谁能受得了？

最先受不了的是陈家兄弟。我们那里叔嫂不援手，大伯哥更是不好意思与弟媳开一句玩笑的。新婚夜闹洞房，多大的人都管新媳妇叫嫂子，叫了嫂子就能闹，如果新媳妇受不了了或者认出你来，转头叫你一声大哥，那要羞得你满脸通红。现在小贤做出了离婚的决定，陈家兄弟竟然不管这些，他们齐上手，关起门把小贤痛打了一顿。

遍体鳞伤。小贤像《红岩》里的江姐，就是一个字不改口：离！

小贤和陈家闹起来的时候，小巧也到了谈婚论嫁的年龄。孙长善没有办法，就逼着小巧嫁给了郭家的老大郭俊臣。孙老头必须要和郭家联姻，他一个外来户，老两口又无儿无女，现在得罪了一个陈家，更没有活路了。

小巧嫁人的时候撕了红头巾，高山踹烂了老门框。高山父母双亡，他们兄弟俩住着一口小破屋，门框烂了就再也修不起来。高山也不怕，他是三里五村第一条好汉，鬼神都怕他。他憋到三十五岁，攒够钱给兄弟娶了媳妇，自己终身未娶。

小巧儿孙满堂，今年也是七十岁的老人了。她爹孙长善做对了决定，小巧的家与他老两口的院子隔邻而住，早晚三顿饭都端过来。孙长善年老得病，癌症把他折磨得求生不能。他去村里大湾投水自杀，徘徊辗转，一个人围着大湾转圈子。早起挑水的燕子爹看见后，把他劝回来，第二天发现他死在邻村的水湾里。这个老实人一辈子不给别人添麻烦，村里人都念叨他的好，临死也没有污染村里的水源。

小贤终于离了婚。陈家老八复娶贾氏，无子嗣，后抱养一子。小贤三年后改嫁到窝坨村，男方比她大十多岁，前妻留有一子。临上花轿时小贤泪落如雨，转回头对妹妹小巧说："我是媳妇头姑娘身啊。"

小贤过门后敬老怜贫，三五年里连生了几个孩子，待

继子更是视如己出，母子交心毫无隔阂。偏这孩子是个有出息的，发奋读书考上大学，分配到九二三厂当了工人。后来九二三厂改名胜利油田，那孩子从技术员升任队长，后来担任某采油厂厂长，手底下兵强马壮。逢三节两寿，必回乡看望母亲。黑光锃亮的小轿车一大溜，鸡鸭鱼肉满屋子。

小贤还是喜欢唱歌。如今老了，参加了村文化大院的老年合唱队，更比先前还要风光。她率领村里的业余队伍参加县里、市里的文艺汇演，屡获大奖。电视台去采访她，见识到她的风度谈吐，回来都赞不绝口。听说是我们村的，都连带对我表示敬意。

我没有见过她，不过听父亲的叙述神往已久。父亲如今老了，偏爱回忆年轻的事。小巧喜不喜欢他我不知道，从他鲜活的眉宇间，我觉得他喜欢小贤倒是真的。

可他到底是娶了母亲，这又是另一个故事了。

风雪归途

我的母亲娘家在北岭。

北岭是老镇店，不属于大荒洼。老镇店也是黄河淤出来的。说起来，整个鲁北平原都是黄河的泥沙淤积出来的，不过那是太久远的事情了。后来黄河一直往苏北连云港那边流，直到1855年，黄河在河南铜瓦厢决口改道，复夺大清河入海，原来沿海的滩涂盐田，都被厚厚的黄土淤泥覆盖。经过百十年沉淀，就有了这片新淤地。

北岭与我们村子相距四十多里路，形成时间上隔着一千多年。隋唐时期这里就成陆了。

四十里是个什么概念呢？开车就是二十多分钟的事，拖拉机要跑一个多小时，骑自行车就是两三个小时的活，要是下步走，得搭出大半天的工夫。母亲一直抱怨嫁得远，回娘家不方便，现在合并成一个大乡镇了。母亲一辈子的远嫁他乡，竟然没出镇，这真让人哭笑不得。

我小的时候，已经不用下步走了，开始坐大人的自行车去姥姥家。拖拉机各村也就是一两台，难得坐上一回。燕子家就有一台，恰好我们的姥姥家在同一个村子。遇上下雪，我们就抱上被子铺在拖拉机后斗子里，互相挤靠着坐上这“敞篷越野车”，回到家腿都冻麻了。

我读五年级时，寒假里是坐母亲的自行车去的姥姥家。燕子也是一样。年初三爸爸们也去了，要回来时天气不好，过了晌午天就阴过来了。娘就犹豫，要再住几天，燕子和她母亲也就相跟着留下了。爸爸们是要回去的，男孩子嘛，要跟着。我跟着爸爸，海波跟着他的爸爸，我们两辆自行车踏上了归途。

比起我们大荒洼的荒凉，北岭是人烟稠密的地方。我们来的时候，新鲜得跟出国一样。我们离开熟悉的小村子，要走过好远好远的荒原，才来到崔家庄。这是一个很大的村子，它的村前有一个渡槽，石头做的，在一条河的上方架过去，连接起另一条河。就像现在的立交桥一样。我们要踩着空空响的石板，在宽宽的河面上，一路提心吊胆地走过去。然后顺着河坝下的田埂走，走过卢家园子，这是一个很小的村子，但是它很美，几间茅屋三五棵老树，在平地上安闲地舒展着。等拐过前面大桥，就踏上了八里庄的大路。大路两旁有高大的杨树，树干很粗，高高的树枝上杨树叶子哗啦啦响，两旁的田野跟风景画一样。然后是郭家庄、台子庄、西滩。到了西滩村，就像到了江南。平坝下面，竟然会出现一湾水塘，四周长着青草，塘里有鸭子来回游动。水塘周围都是菜地，那菜地一小畦一小畦的，比起我们动辄几十亩的大敞地可是秀气多了。等到了北岭，那一家一户的，在我眼里就是深宅大院。别的不说，它们院子外面竟然有围墙，还有大门楼，太奇怪了。我们村那么敞亮的院子，要是垒围墙，得多少砖啊。北岭巴掌大的小院子，真让人适应不了。

在姥姥家住的这几天，把我憋得不轻。一跳上自行车，搂住爸爸的后背，我的心就欢实起来。回家回家，我恨不得放声歌唱。冷风直往我棉袄里钻，我也不觉得冷。娘和燕子娘俩在后面招手告别，我们也没空搭理她们。等过了西滩村，天空开始飘雪粒子，我把脸埋起来，紧紧地搂住爸爸的腰。两旁的大杨树上只剩下光秃秃的枝干，没有一片叶子，连一只缩着脖子的麻雀也没有。到了八里庄的大桥上，只见天地一片斑斑驳驳。河两岸白雪里露出一道一道的土印子。过卢家园子，开始起风了。风搅着，雪花乱舞，扑簌簌落到身上，每一片都有邮票那么大。爸爸解下围巾，把我的头脸和脖子围起来。海波的爸爸也这样做了。我们俩像两只仅露着眼睛的小鼹鼠。地太滑，河坝下的田埂上不能骑行了，我们深一脚浅一脚，好不容易走到渡槽，然后停住了。

坏了，过不去了。只见天地一片洁白。上下是雪，中间飘着的还是雪。什么河呀，岸呀，水泥渡槽呀，全没有了。原来那灰乎乎的水泥渡槽现在通体洁白，上面连个棱啊角的抓手都没有，这要一下子滑下去，就掉进下面的冰窟窿里了。这宽宽的河面，还推着自行车，领着两个半大孩子，可真把两个爸爸给难住了。

后来上语文课，学习《飞夺泸定桥》，我一下子就想起我们“风雪过渡槽”的一幕。泸定桥边，面对光秃秃的十三根铁链子，下面是湍急的江水，后面有几十万追兵。十二个敢死队员喝一碗酒，出发！渡槽边，两个爸爸一前一后把我们夹在中间，扛起自行车，抹一把我们脸上的雪，出发！我一只手拉着爸爸的大手，他的手真暖和呀，手心里都出汗了。我的右手拉着后面的海波。海波拉着后面他的爸爸。那渡槽好长啊，我们慢慢地走，风刮得大了就停一停，再走。到河中间的时候,海波哇地大哭起来。他不敢走了。爸爸回过头来，朝他一瞪眼睛：“大小斯家，哭啥！走！”

我们当地人，称呼男孩为小子，发音往往是“小斯”。就这一声吼,仿佛注入了能量,海波闭上嘴,又迈步往前走了。等我们小心翼翼地走下渡槽对岸，爸爸们把自行车从肩膀上卸下来，我们站在风雪的岸边，歇了很久。真后怕呀。

过了崔家庄，就踏入了大荒原。我仿佛是脱网的野兔，感觉天地顿时自在起来。我们开始有说有笑，爸爸还在风雪里哼起了歌。我则坐在后座上开始笑话海波，笑他刚才的㞞样。可是爸爸忽然停下来。我们也傻了眼——迷路了。

大荒原五六里路没有人家，在这风雪天里，车辙印子被完全盖住了，方向也辨不清。我们被困住了。

我们停了一会儿，这次是海波想出了办法。他奶声奶气地抱怨：“现在还不如走渡槽呢！最起码河沟还能看得清。”一句话点醒梦中人，爸爸们豁然开朗——往西，顺着河沟走。

虽然绕远，可是迷不了路。我们深一脚浅一脚地蹚过荒地，找上河坝。走了很久，开始看到林河村了。进了村子，小河沟蜿蜒流过，沟两旁长满了芦苇。芦花戴雪，在风中摇摆。芦花深处，几户人家稀稀落落地沿着河岸散布开来。这情景，此后几十年里，只在梦中和宋人的山水画里见过。我们顺着沟沿，一个村子接一个村子，天黑透的时候，终于到家了。

回娘家

母亲为啥嫁到这退海之地的大荒洼来？这问题一度困扰着小小的我。

母亲是全才，她的很多手艺甚至都不是当地人所掌握的。我觉得母亲简直神奇，不要说生存所需要的家里和地里的所有活计，就是那些花样翻新的吃食和飞针走线的女红，她都游刃有余。

现在人们很少意识到，从麦种到馒头，中间需要多少烦琐的过程。从耕田耙地到播种出苗，中间要穿插着浇水、施肥、打药、除草，终于到了收获的季节，收割、碾场、扬场、装囤、翻晒、磨面……这每一项活计后面，都有一系列的学问装在脑子里，操作起来每一个步骤都是很明确的。甚至还可以分解成许多的动作要领，甚至每一个动作要领都有着许多的注意事项。

从棉花到衣服，那简直更像是魔术。棉花收回来，把棉花弹了，男人们就插不上手了。母亲用空闲的时间，晚上熬夜纺线，纺车蝇子一样嗡嗡，线穗子一个个鼓起来。导到线拐子上，染成红、绿、蓝色，就去后邻胖婶家牵布，回来上织布机，金梭银梭日月在穿梭，织成几大捆粗布，自己裁剪了再上缝纫机。还有纳鞋底，母亲要给自己的父亲母亲弟弟丈夫儿子女儿一大家子人做鞋，每年一双，绝不让家里人穿烂鞋。一件新衣服的背后真是千针万线。那时的女人都是全才，母亲更是其中的佼佼者。

可是母亲有病。

母亲“有病”，这话是父亲说的。

母亲身体挺好。虽然家里闹蛇，母亲被折腾得晚上睡不着觉，可是白天就是一个整劳力。到地里跟父亲并着膀子干活，回到家里父亲要坐下来喝茶水，母亲还得刷锅洗碗做午饭，夹杂着喂猪喂鸡喂牛羊，再穿插些晒柴火、洗衣服、浇菜园子、吼孩子。母亲的身体里充满了干劲。

母亲的脑筋也是异常灵光。向人分说具体事务，总是复述得井井有条；如果遇到数字，更是计算得毫厘不差。乡邻们都开玩笑，说我们姐弟个个的好学生，肯定是来自于母亲的遗传。

母亲的“病”，主要在性格，那就是强烈的“照顾欲”。她要照顾一切人，让周围所有的人都听从她的安排，接受她的照顾。落后或者冒进，那都是不行滴（的）。如有违反，就要挨她的“说”。

别人嗜烟嗜酒，还有人嗜打牌嗜看电视，母亲嗜“说”：大声说，快速说，厉声呵斥，喋喋不休。兼之暴躁易怒，性如烈火；又兼之面沉似水，皱纹堆垒。于是乎，父亲的苦头就来了。因为普天之下，唯有他躲也没地儿躲，藏也没地儿藏。年深日久，每当身处在无休无尽的声浪中，父亲已经稳如泰山，“悠然心会，妙处难与君说”。若声调陡然而起，或猝然相对，父亲也会一阵心旌摇荡，但他多半会卡住，急涨了脸，然后扔下一句：“有病！”

如今父母都在城里给我看孩子。在小院子里，母亲依旧每天收拾个没完。有时候看到孩子欢鸟一样跑去，一头扎进母亲的怀里，母亲层层的皱纹在那一瞬间都舒展开来，如同一朵苍老的牡丹花开放在阳光里。我不禁大发感慨，竟也能在父亲旁边坐下，把手机悄悄地设了静音，听他讲讲过去的故事。

母亲生在一个七口之家。姥爷是农救会会长，从十三岁去青岛的日本工厂里当童工，被欺凌得活不下去，回到村里来挎着篮子卖馍馍。生育了十一个孩子，长成了五个。一辈子吃苦受累，姥爷挂在嘴边的一句话就是：“甭管吃糠咽菜，只要勒紧裤腰带，在人前一样赛（好）。”

这个抽烟喝酒暴脾气的穷汉，却娶了一个大户人家的千金小姐。姥娘是李家大地主最小的女儿，她娘死得早。日本鬼子一来，老地主是读书人，讲究气节，喝一碗盐卤也死了。母亲打从记事起，就奇怪自己的母亲从来不回娘家。别人逢年过节回娘家，姥娘就带着她和小舅去十字路口烧一刀黄表纸，然后闷在家里哭，哭她死去的爹娘。那时候，已经解放了。

三年困难时期，大食堂里饭开始不满碗，就连我姥娘这种小脚女人也要去参加生产队的劳动。那天下工回家，姥娘发现木制的房门被人扛开，老铜锁丢在一边，屋里半口袋豆子和缸里五斤米面已经不翼而飞。那些仅有的物资是这个七口之家半年的口粮。姥娘眼前一晃，当场就晕倒在地。苏醒过来以后，姥娘就瘫痪了。

那年，母亲十岁，小舅八岁。当时，大舅在外地求学，两个姨已经嫁人。母亲话多，但是这段时光从来不提。问得急了，就回我：“总得活呗。”当时姥娘全身的筋抽成一个大粽子，整个身体缩成球形，大小便全靠母亲用肩膀把她支起来递盆子，撒到外面弄脏了被子，暴脾气的姥爷就打姥娘，吓得母亲哇哇大哭。母亲夜里睡觉不脱衣服，就斜靠在姥娘脚边打个小盹，不到半个小时，姥娘就喊：“硌死我了，硌死我了。”母亲就吃力地把她推过去，翻一个身，让她用另一面躺。如此周而复始。姥娘像一只四脚朝天的海龟，无能为力。

这样过了半年，这个十岁的小女孩脸色蜡黄，走路打晃。她的叔叔去找姥爷说：“小妮儿快被这瘫子累煞（累死）了，不行把她送到北岭公社去，听说看病公家给报销北（百）分之七十哩。这每顿半斤的病号饭口粮补贴，管啥来？”

姥爷一句话顶到南墙上：“甭给国家添麻烦了！”

当时小舅吃黄须菜团子当主食，吃得大便不成形，拉绿水，脱肛掉下来一巴掌长。母亲听说受热能见好，用烤热的鞋底给他往上托，姐弟两个抱着头哭。

后来母亲受不了了，就跑到福寿村去哭求她的大姨。我的姨姥娘求爷告奶，找来一个神嬷嬷，这也属于是病急乱投医。那神嬷嬷来了看一看，让我娘用大锅烧开水，把姥娘放在两条拼起来的木凳上蒸，身上盖几床厚棉被。大瓦盆盛了热水放凳下，凉了就换。那浓浓的蒸汽像今天的桑拿，让姥娘发一身透汗。本来说蒸七天就好，可是三天头上那神嬷嬷家里来信儿，说上头搜捕迷信活动，她就抛下病人匆匆跑了。就这三天，还真起了作用。可能让姥娘发汗的治疗方法恰好符合了某些医学道理。姥娘能坐起来了，右手也恢复了活动能力。以后漫长的四十二年里，她就靠着这只右手，自己坐起来穿衣吃饭，拖一个蒲团，在地上挪动。

神嬷嬷治病的时候，曾神秘地告诉母亲："你们家原先是供着神的。后来把那些牌位烧了，神就找回来，着落在这人身上了。要想治好病，先要把神位重新请起来。"姥爷说："胡说八道，现在是唯物主义。"真佩服那时的社会主义教育，这么抽象的概念名词竟然能出自一个农村文盲之口。母亲救母心切，私下里对神嬷嬷说："我信我信。"于是，她按照神嬷嬷的指示，像劈山救母的沉香一样，蹚过黄河去丈八佛庙台子上取神水；又说不灵，又去天宁寺庙台子上取神水；当时天宁寺已经被当作四旧破掉了，只剩下庙台子比周围地面高一些；又说不灵，又去八里庄庙台子上取神水；

又说不灵，又去坨上村后高粱地里取神水……经历了无数的艰险，最后总之是取来了神水，把神位在家里供起来了。母亲无论晨昏风雨，坚持早晚烧香。她的信仰一直持续到嫁人，没有人来接这一摊，才不得已收拾了。

姥娘一直活到八十七岁，她去世的时候，我的母亲已经五十二岁了。从十岁的小姑娘，到五十二岁的老太太，姥娘的瘫痪几乎贯穿了母亲的一生。母亲的人生，从十岁那年就转向了,从一个正常人家的小女孩,进入了命运的岔道。当时，姥爷要去生产队上工，挣不到工分就没法养活她们母女。母亲的书念到小学一年级上册。下册发下来了却再也没有派上用场。母亲对学习是骄傲的。因为就在那半年的学生生涯中，她从来都是满分。所以我考了第一她总是不屑:“第一算什么，要满分才行。”

我可怜的母亲，她不知道高年级的满分有多难，但她朴素的道理是对的。只有满分，到哪里都是第一，最差也是并列第一。

失学的母亲一个人仍然解决不了生活中所有的事务。这个十岁的小姑娘，于是率领她的弟弟——我八岁的小舅，两人抬一口大木筲去井里提水，把粮食抬到石碾子上去推。她的手刚刚能够到磨杠，小舅太矮了，还够不到，只能在身后推姐姐的腰。

总之，母亲是当家的人。从十岁起她就是家庭的女主人。

细数着手中的几张毛票，打油买盐过日子。估计她的算数就是在那时练出来的。真的，我们村人人都知道母亲的绝技，几斤几两几分几厘，张口就来，比计算器快多了。

有一次，母亲拿着布票去排队。当时买东西都要凭票，没有票就没有买的资格。虽然价钱很便宜，但是票却很珍贵。母亲把布票紧紧攥在手里，认真地排在队尾。那天队伍排得很长，大太阳晒着，大家都无精打采。有一刻母亲忽然走神了，她呆呆地站着，思绪飘到了远方，百无聊赖，手里机械地撕扯着那张布票，一会儿工夫就把它撕得粉碎。等她清醒过来，手里已经是一把纸屑，那纸屑随风飘走了，仿佛一碗水泼在地上，她赶忙去捞，可是什么也捞不着。母亲急得大哭，一跳一跳地用手去抓，结果是徒劳的。母亲无奈地挤出人群，她靠在土墙上，想着家里破烂的衣衫和被褥，可是那张珍贵的布票已经没有了。她的腰就像断了一样，她一截一截地滑下去，最后蹲下了。她的泪水如决堤的河水，在脸上肆意流淌。

这是以前从没有发生过的。等到那种绝望过去，这个十几岁的小女孩用手背抹干脸上的泪水，扶着土墙站起来，一步一步地走回家里去。后面很长一段日子，她都要面对这种没有布料的现实了。她不能告诉任何人，而且，她也没有躲开的权利。那些活计还在等着她，那个瘫在土炕上的人还在等着她。

后来，母亲拒绝走神。一看见我失神地看着远方，母亲就大喝一声，把我喊回来。她认为人要精精神神地生活——

脚踏实地、全神贯注。所有的魂游物外，不是偷懒就是有毛病。

这实在是她从生活当中总结出来的经验。

母亲的少年时光没有白费。可是她没有朋友，当然也就没有游戏。

所有的游戏母亲几乎都不会。不要说男孩子们的游戏，就是女孩子们最常见的跳格子、踢毽子、丢沙包，她也不会。我曾教过她玩牌，可她怎么也学不会。她没有一种游戏的心态。“浪费时间。”她总是说。可能从小她的时间老是不够用，她后来说，小朋友们做游戏时，她只能贴着墙角远远地看着。一种可能性是姥娘那里真的离不开人，当然也有可能是母亲隐藏的自卑。为了掩饰这自卑，她就用强硬的态度来对待周围的一切人，包括小玩伴。所以成年以后，母亲也不会与人相处。她总是用一种伤害性的语言和态度来对待周围，对别人提出的批评完全听不进去，相反，会变得很暴怒。她就像一个刺猬，必须把全身的尖刺都抖起来，即使这会扎伤亲人，她也在所不惜。

很快，母亲迎来了她人生中最好的时光。她正值青春，风华正茂，成为乡村里生猛的野孩子，战天斗地、如鱼得水。她曾经去东洼里二姨家小住，干农活之余捡麦穗。捡麦穗又叫拾秋，并不是像著名作家张洁写得那样浪漫，其实这是一项体力劳动。在生产队时期，收获归公，而拾来的都是自己的。一个麦季，母亲拾秋获得的粮食能顶姥爷这个整劳力一年出工的两倍。当然竞争也异常激烈。没办法，拾秋的人太多了。往往一块地刚收完，大家就蜂拥围上去，如此来来回回，拾得渣都不剩。这时，就有胆大的人提议：到河东去。黄河对岸是国营农场，地广人稀，相对好拾一些，收获肯定大。可是，过河是危险的。历来黄河泥沙混杂，河里乱流很多，表面平静，下面却有潜流汹涌。坑洼也多，不知道哪里就会莫名其妙地冲出大坑来。有时候今天早上过去没有，下午回来就会出现两三人深的坑。河水吞噬一个人是很平常的事情。有些大老爷们儿都不敢去，母亲就脱了鞋，把鞋包起来举过头顶，赤脚蹚入水里。对于母亲来说，涉水过河是家常便饭，她会背一小口袋干粮，够六七天吃的，到对岸去拾麦穗。晚上就睡在一个被砸毁了的小庙里。附近拾完了，她就以小庙为根据地，再往纵深发展。六合、肖神庙、老鸹嘴，方圆遍布黄河三角洲的百十里地，母亲都探索过。每天傍晚，她都把那些捡来的麦穗在庙里的神台上磕出麦粒来，装口袋，让返程的人捎回对岸二姨家。她一个人在外面风餐露宿，她就是家庭的顶梁柱，就是家里的战士。这个十五六岁的少女，草垛也睡过，破庙也睡过，坟地也睡过。有一天傍晚，在老鸹嘴村头，有老两口曾经给她馏窝头，还给她喝了一碗热黏粥。这让她很幸福，五十年里回忆起来一直感激不尽。

“你不怕狗吗？你是不是也拿根棍子？”我问她。她轻蔑地笑了："拿个棍子端个碗，那不成要饭的了吗？告诉你，打狗连土坷垃都不用。狼怕锅（弯）腰狗怕站。狗最怕人，你站住一瞪眼，一跺脚，它就跑了。"

瞪眼跺脚之间吓退狗的少女，应该像霹雳娇娃一样，也充满了生机勃勃的杀气吧？我想。

母亲的少女时光，应该是美好的。不过很短暂。终于，我的表姥爷登场了。母亲这个表叔住在北洼里。离得远，平时不太走动。过节来串门，看见母亲，顺口问他表哥："有主了吗？"

"还没呢。前几年她娘瘫在炕上离不开人，本村有个后生来提亲，让我挡了。现在她兄弟结了婚，我的心事完成了。那小子却当兵走了。要是当时应了，现在成军属了。"表姥爷就说："跟我走吧，我那里有个后生，可好！"后面又嘟哝了一句，"就是穷点儿。"姥爷就一句："行啊。"把表姥爷那句没送出喉咙来的话就给盖住了。这一句话，就把母亲的后半生打发到大荒洼上来了。母亲说起来就气愤，她怨姥爷也不派个人来看看，也不找人打听打听。

"穷得那样，炕上铺着草，连一床像样的被子都没有。"这就是母亲一下花轿见到的情景。

人有两只手，日子总是人过出来的。

在白手起家开天辟地这方面，母亲正是得心应手。其实，无论母亲怎样地看不上这个家庭，这些都否认不了父亲是个好青年的事实。父亲有文化，能吃苦，十六岁就当生产队长，在那个时代，在退海之地的大荒洼上，他率领着大家战天斗地，修水利，开荒田，抢农耕。一句话，这是盐里淘卤里泡过来的汉子。

问题是，两个“一把手”凑在一起，未必能过上幸福的日子。

从我记事起，我们家无论大事小情，大事像盖房、串亲戚、孩子上学，小事像这块地今年种点啥，今天吃啥穿啥，地里的农活先从左边干还是先从右边干等等。这么些年，他们从来没有意见一致过。我的童年，一直是在争吵声中度过的。

现在有人说我脾气好，我只微微一笑，心说：“这才哪到哪儿呀，要知道，我可是见过大风大浪的。”

母亲不会与人相处，不会伺候公婆，不会团结小姑子们。一双手受累很多，一张嘴惹人也不少。

话说我们家盖房子那一年，发生了一件大事。那时候母亲怀我也有三四个月了。

先说盖房，起因在我的姐姐。她小时候经常跟着母亲住姥娘家，要不就是住东洼里二姨家。回家住的次数寥寥可数。所以长大后她对姥娘家和二姨家都特别亲切。从那里回我家要走三四十里路，路途遥远，父亲便用小推车推着她。路上，经过一个村庄，她看见有人盖房，就仰起小脸问父亲：“那是干啥呀？”

“盖屋呐。”

“哎，大人用土坷垃盖屋。”她把盖房的一块块土坯当成孩子们玩的土坷垃了。

回到家，她就在我们家当时住的窝棚前正儿八经地垒土坷垃，浇上水。父亲问她：“干啥呢？”她说：“给咱们家盖屋呐！”又郑重地补上一句，“用土坷垃盖屋。”

父亲当时就潮润了眼窝子，咬紧牙关暗自发狠，一定要盖起一口新屋来！

在农村，盖屋可是大事，尤其是对于我们这样单门独户的人家来说。

人在吃饭的时候叫“人口”，在干活的时候叫“人手”。

就在那年夏天，五间大瓦房快盖完的时候，怀着七个月身孕的母亲竟然投了水湾。

投湾就是投河寻死的意思。我们这里没有河，倒是每个村子中央都会挖一个水湾。夏天的雨水啦，刷街水啦，远处黄河里流来的河水啦，全部存积在这里。这就是整个村人畜鸡鸭一个冬天的水源。

母亲投湾寻死，被晚归的伟哲爷爷救起来。具体原因不详。或者有人知道，碍于我的身份也不告诉我。但我估计在农村盖房这种大事，上火拌嘴的可能性肯定比平日里要高出不知道多少倍。好脾气的都能吵起来，更别说两个惯于相对咆哮的人了。一些芦苇麦秸的储备啦，一些烟酒茶水的消耗啦，爷爷奶奶和姑姑们的不配合啦，清官难断家务事。但这些不是最主要的。主要的是，母亲的愤怒情绪没有人来抚平，母亲的抱怨找不到人来诉说。

在这里，她一个人远嫁他乡，没有亲人。

从这个角度来思考，母亲的孝顺其实是有自身需求的。母亲孝顺远近闻名。即使生了我，她仍然一个月回娘家一次，雷打不动。回去就端屎端尿，拆洗衣服被褥。忙活两天再徒步三四十里土路回来，好像我们现代人过一个繁忙的周末。久而久之，那个她操持着娶过来的弟媳也习惯把老人换下来的衣服堆一堆，等到她月底回去一起洗。

二十世纪八十年代初，老百姓手头渐渐宽松了，开始家家买自行车。母亲是村里的妇女中第一个学会骑自行车的人。当时年龄大点儿的都怕摔，尤其是妇女，谁也不敢学。那困难程度比今天学开汽车可是难多了。我大姑就一直不敢学，年龄越大越不敢，到现在一辈子不会骑自行车。

我的母亲不怕摔，这个三十出头的女人，推一辆凤凰牌老式大轮自行车，一次次摔倒在地头坚硬的车辙印子里，摔得灰头土脸，红围巾沾满了土，都变成了咖啡色。

在她练到差不多的时候，就开始试着带我。我当时虚岁才五岁，坐在她怀里的车大梁上，看见路旁有一个坑，我说：

“娘，咱可别摔到坑里去。”

她说：“不怕不怕。”结果越注意越躲不开，车子歪歪扭扭，正好摔到坑里去。母亲坐起来，推开压在身上的车架，抱着我号啕大哭。

我本来要号啕大哭，被她一吓，倒不敢哭了。

我后来想，她这么努力学骑自行车，那动力就是要骑上车子回娘家。她要回去照顾她瘫痪在床的母亲——这个给她生命的老婴儿，喂她吃喝，给她擦洗打扫，操心她的饮食起居，操心她的喜怒哀乐。娘家于她来说，已经是一个精神的归宿和抚慰之地。那些年轻时的付出和伤害如同宿命，黑洞一样吸噬着她，让她心甘情愿地回去，吃苦受累欲罢不能。

大姑嫁到当村，从婆家到娘家，距离不到五十米，不用骑自行车。

第二章　边村世家

置身田野，最让人有出世之想。夜风吹过来，带着豆麦的清香。我慢慢地走，真愿意这样的路程没有尽头。

说盘子

我记事的时候是两岁，有后邻胖叔家的女儿雪梅为证。

雪梅比我小三岁，她娘结婚的那一天下了大雪，天地一片白茫茫。地上的雪有一尺厚，一脚一个雪窝子。路上的雪压实了，脚踩上去咯吱咯吱响。我被母亲从温暖的被窝里抱出来，裹了厚厚的花棉袄，头上还顶了一只兔子帽，兔子那两只毛茸茸的大耳朵垂下来，擦着我的腮，痒痒的。母亲抱着我走到门口来，看到白雪上撒满了红纸屑，对门的胖叔家房门上贴着大红对联。人们都穿着厚厚的衣服，进进出出的，嘻嘻哈哈地开着玩笑。一驾马车停在门口，枣红马不耐烦地打着响鼻。车后的吹鼓手正在起劲地吹打，唢呐声呜里哇啦的像一老一少两个人在对唱。那个吹唢呐的人，腮帮子像胀满了风的棉花包，他把两只喇叭轮番套在嘴上，手忙脚乱的，好像在表演魔术。马车上裹在大棉被子里的是一个浑身穿着红衣服的新媳妇，这时候正在被几个嫂子搀着迈出脚来，去踩车轮前的红椅子。旁边的几个大小伙子起哄，盼着她摔倒。可是那个新媳妇稳稳地踩在椅子上，利利索索跳下车来，还不忘了朝大伙友好地笑一笑。

那新媳妇白白嫩嫩的，看着很面善。

我后来跟母亲回忆这些细节，把母亲惊讶地张大了嘴巴："他真记住了。"父亲不信，对母亲说："也许是你自己说过，忘了。"我很生气，就说："我还知道咱家的椅子是谁弄坏的。"

那一天，人们都很忙碌。父亲和母亲都有差事要做。父亲手拿账本登记人们的礼金，母亲等新媳妇跨过了红纸包着的马鞍子，就把我往地上一放，紧跑着进新房去装什么花生和枣，嘴里说着"快快"。

其他人好像也很忙，反正是没有人管我。我自己在雪地上摇摇摆摆地玩儿，把那些鞭炮崩裂的红纸屑收集起来，又去看一会儿半大孩子抢从屋顶扔下来的糖和花生。我觉得很无聊，就走回来，看到我家堂屋里的八仙桌子已经被搬到屋子中央，周围坐满了不认识的男人。他们在我家里抽烟喝酒吃菜，高声地嚷嚷，把痰吐到桌子下面。我藏到里屋门帘后面去，看到胖叔的哥哥米汉两脚蹬着八仙桌，把椅子的前腿悠起来，优哉游哉，咔嚓一声，椅子的后腿裂了。

喝酒的停下来，米汉讪笑着把椅子拖到墙角去，换一把马扎来坐下继续喝。

喝酒的闹到下午才走。这期间我一直在生闷气，因为没有人关注我，即使喝了母亲端来的丸子汤，我的气也没有解。后来她在那里嘟哝椅子坏了，父亲表示不知道，我故意不告诉她。吃了晚饭，母亲要抱我去看新媳妇"说盘子"。我挣扎着不肯去，母亲气急了，说："这孩子！"就在我屁股上拍了几巴掌，抱起就走。我趴在母亲肩膀上，委屈地哭着，从此心里很恨说盘子。

“说盘子”就是在新人屋里摆上酒菜，新婚之夜要邀请同龄的青年们去坐一坐。往往同村的男女，那些大姑娘小伙子，还有半大孩子们，都会来，把两位新人围得里三层外三层。大家哄闹着，让他们出各种节目，讲一些荤笑话。那个时候没有电，到了晚上闲极无聊，闹闹新媳妇，这实在是很好的消遣。

母亲说是抱我来看，不如说是她自己想看。因为我都趴在她肩膀上睡着了，她都不知道。不知道过了多久，在哄闹声中我醒来了，看到新娘子正在给一个男人点烟，她一点着，那男人就“噗”一口气把它吹灭，大家就笑起来，看那新媳妇再点。连续点了三四次，新媳妇急了，就含嗔带恼地说：“差不多行了，表舅。”那男人说：“瞎说，我跟小胖叫哥。”新媳妇笑盈盈地回话：“王庄的雪来不是你表哥？那是俺姥娘的表侄，他跟俺姥娘叫表姑。我早打问好了你！”人们“哄”一声笑起来，震得屋梁上的塔灰扑簌簌落下来。那男人红了脸，转头指着小胖说：“你这个汉奸。”小胖就憨厚地笑着，不说话。新媳妇说：“他不向我，还能向着你？”人们又一齐哄笑起来。那男人一边往外走着，一边解嘲说：“小胖算是完了，被你媳妇拿住了。看来又是个怕老婆的。”

小胖就穿过人群来门口把他拉住，声明不论那些表亲，自己还是要他叫哥哥的。于是那人又重新入座，大家喝起酒来。

我看到自己在小巧婶子怀里，就找我娘。说是上茅厕了。

我扭着身子挣脱下地，拔腿就去追。追到门口，正碰上我娘回来。我觉得心里空落落的，委屈得要命，就抱着她的大腿哭起来。我娘心里正着急耽误了看“说盘子”，就像现在耽误了一段精彩的小品，没空抚平我的情绪，就把我拽着走，嘴里敷衍着：“怎么了，怎么了？”

我心里更加委屈，干脆躺在地上大哭起来。有几个婶子跑出来，询问：“孩子怎么了？”母亲被我缠得没有法，就蹲下身细细地问我：“怎么了？”

“我要跟着你，你去干什么了？”

“我去茅厕了。”

“你再去一遍。”

母亲只好牵着我的小手，抱我起来，走到院子南边的厕所里去。

“你蹲下。”

母亲领着我，重新蹲下。

“你尿。”

母亲哭笑不得。“没有了，娘尿完了。”

“不行！你装上，你装上！”

母亲把我拖出来，无可奈何地看我在院子里打滚。“说盘子”的人们都跑出来，他们对我指指点点，说：“这孩子可真是个犟种，真‘要麻’。”

那天晚上，让村里人津津乐道的不是新媳妇，而是我的“装上”。

岳老三

岳麻据说是北岭岳家早年间的一位公子。

岳家在北岭是大户人家，是岳飞后人岳云一脉，清末出了个名臣岳振南，曾做过湖南学政，提点了曾国藩等一干名士，高度概括了山东气象的名句“一山一水一圣人”就出自他老人家之口。可能老先生一直在外做官，趣闻逸事并不多，可是这个岳麻在当地家喻户晓。他凡事爱跟别人反着来，特立独行，坚持不与别人一样。比如年底贴对联，我们这里人把裁剪下来的白头都朝下，他非要朝上，所以在黄河口地区，就管这种人叫“岳麻”。当地发音读“岳”为“要”，岳飞就是“要飞”，“岳麻”就是“要麻”。后来这词变成一个形容词，说谁这样与众不同行事，那就是真“要麻”。

我就成了我们村里一个从小“要麻”的人。

至今我们那里姓岳的人家还是这么贴春联。

我们村姓岳的并不多，不过也出了一个名人岳老三。这个岳老三不是天龙八部里的南海鳄神，而是一个很普通的老头。我曾经应邀写作一个快板儿，顺手把他的故事写了进去。

岳老三
执牛鞭
单手扶犁一袋烟
棉田西到小沟南
三十七亩全犁完

在我们村，辈分高的大都不苟言笑。他也不例外，穿了黑袄，整日里默默地走过村街。赶着牲口，或是扛着犁耙。我每回见了都刻意地避开，不愿意跟他打招呼。不过他见了我，总是和蔼地摸一下我的头，无声地干笑。他矮小的身躯，仅仅比我高出一点儿。这个干瘦的老头，却有着惊人的爆发力。传说生产队的时候，他赶牛犁地是当时的一绝。

再早的时候，我爷爷的青年时期，我们这里出过一个叫“尚七罗汉”的人。据说他有功夫，贼人追他，他腋下夹一袋子白面，一步能超过近三米宽的猪圈。那是清朝末年，黄河口三角洲刚刚淤海成陆，来的都是流民。一两银子丢进官府，就能买到“一望之地”，也就是你站定在那里，举目一望，能看见的土地全都是你的。就这，也没有人愿意花那个冤枉钱。面对莽莽苍苍的大平原，犁下的地就是自己的，还管它有没有官府的凭证？大家都没有凭证，看见好地就要争。那时候我们村里的人主要是跟汀河村人争地。遇到争地的时候，这个“尚七罗汉”就会左手扶犁，右手抡开一根九节鞭，百八十号人靠不了身。

“尚七罗汉”的犁地技能被岳老三继承了，他的武功却失传了。这是我少年时代最大的遗憾。那时候我手握一根棉柴或者玉米秆，冲上柴火垛，幻想自己继承了“尚七罗汉”的绝世武功，可以称霸周围几十个村子的江湖，完了不免抱怨这个岳老三为什么不好好学功夫。

自从分田搞单干
八个孩子比肩站
大儿破衣二儿补
日子凄惶受熬煎

岳老三家属于我们村里的贫困阶层。他们两口子都很能干，穷的原因主要是孩子多。他们家先后出生并存活了八个孩子，五儿三女。这帮小崽子们整日里寻食，胡吃海塞依然填不饱幼小的肚皮。

那时候我十几岁，那个小院子至今仍然清晰立在眼前。临街的小黑屋、柴门、土灶，真正的家徒四壁。大满炕上两床破被从来不叠，被这帮小家伙们扯过来扯过去，脏污得已经看不出本来颜色。

岳老三勇武的青年时代我没有见过，在我幼小的印象里，他从来都是起早贪黑的庄稼人，生活压得他沉默寡言。早晨天不亮就起来，背着挎篓子拾粪。在蒙蒙的曙色里，我们这些早读的学生往往被他吓一大跳。我们吃完晚饭，天已经黑透了，他的牛车才咯吱咯吱响着穿过村街，回到他漏风撒气的家里去。其实那个年代，地里已经开始施化肥，拾粪的老头几乎没有了，他是唯一的最后遗存。这活化石般的存在使我印象如此深刻。三十年过去了，那黑衣老头仿佛还立在眼前。

老三沟北去放牛
狂风吹衣雨打头
怕牛走丢活不起
手腕上牛绳往死里系

牛惊狂奔如电掣
可怜老三牛后拖
浑身是血几昏死
泥里水里草如割
众人担架抬上车
回视牛在乐呵呵

岳老三那次遇险成为我们村几十年的谈资，这个故事的主要意义在于他充当了一次“活教材”，这件事为我们上了一堂生动的安全培训课。

那个时候我们村家家养牛，半大孩子放牛是主业。其实放牛是很轻省很富于诗意的工作，你可以带上几本闲书，寻一处清幽之地，最好前有池塘旁绕青草，把牛绳搭在牛脖子上，任牛行止。你就解放了，看书下棋随意坐卧，还可以远眺群山。可惜我们这里周围千里无山，大平原水湾也少，还都是各村的水源，最恼人的，是放牛的太多，地头沟畔，草已经很少了，地皮都被啃秃了。

这些其实都无关紧要，即使把牛放苗条了，孩子们也受不了多大的责罚。对父母来说，借此看孩子才是最大的目的。这些半大小子闲在家里，打架、嬉水是经常的事。放牛也并非毫无风险，最大的安全隐患就在于牛惊后狂奔不止所带来的不确定性。惊牛是多么恐怖的一件事情，有一部电影叫什么来着，牧场上牛群惊了，它们的踩踏不仅能死人，而且是任何外力都制止不了的。

所以，父母们千叮咛万嘱咐，千万不要把牛绳系在手上。牛惊了，拖也会把人拖死，不信请看岳老三。

岳老三活了大半辈子了，这个道理他是知道的。他更知道，作为主要劳动力的大牲畜，要是牛丢了，他们家的日子将难以为继。

唉，那些艰难的日子。经历过的父母亲回想起那些年，经常说的一个字就是“熬”。熬，说文解字：干煎也。

经常有过不下去进而厮打的两口子，蓬头跣足地跌坐在场院里，善意的邻居们就纷纷解劝：“为了孩子们，熬吧。”

如今，我人到中年，在困得睁不开眼睛的午夜，抱着哭闹不止的孩子，在客厅里转着圈子的时候，常常想起在狂风暴雨中被牛拖曳的岳老三，宁死也不撒手那根牛绳，不撒手他贫困的日子。

面对漫漫长夜，我能做的也只有“熬吧”。

老三年老贫复病
独坐草堂如禅定
妻唤儿女来开会
吭哧半天不发声

众人纷纷催促急
老三欲言复又止
老三说
日月轮回年岁增
不能下地再劳动
如今娃们都成家
看看这事怎么弄

五儿三女列堂中
堂前鸦雀静无声
门外秋风吹又急
唯闻老妻如掩泣

关于岳老三家那次家庭会议，村里众说纷纭。改革开放让人们富起来以后，养老开始成为一个大的社会问题。在我们那里，即使女婿们开通，儿媳们也总会有不通情理的。妯娌之间的嫌隙和口角，那些芝麻谷子的陈年旧事，总会在这时提说。孩子们一多，老大做不出个样子来，下面的就等着、靠着，多半会出现冷场的局面。

又有谁家没有召开过这种家庭会议呢？其实做父母的哪个也不愿意麻烦孩子们。只是人老了，有些话不说不行。父母们不好意思说，当孩子的应该主动说。既然父母都提出来了，孩子们还不应这个话茬，这就有点儿伤人了。岂止伤人，简直伤天理！

那帮兔崽子们，可能还在打着自己的小算盘，他们以为是小时候你多抢把豆子我多掰块地瓜呢？你不回身看看自己的孩子们都老高了吗？忽忽数年，你也会老的！

老三桌前加饭酒
邻家老奶坐炕头
聊着闲篇嗑瓜子
谈古论今话生死
老三说
这酒里有药你不信
我一口喝下就死人
看他一口闷下去
咂嘴捋须似非真

俄见桌下药瓶倒

一屋众人皆惊跑
先打县城 120
后把拖拉机来找
棉被草毡铺车底
老三从容登车椅
回身甩手拒人扶
气定神闲似信步
老三认准百草枯
掺酒喝下无生理

岳老三死得突然，死得决绝，死得荡气回肠。他的死长久地回响在我们村庄周围，回荡在那片大地上。作为农田除草的常备药，百草枯的剧毒妇孺皆知。他选用这样一种烧烂肠胃的死的方式，显露出了一个男人的本色。听到他的死讯和他的死法，这个干瘦的老头在我眼前一下子和有功夫的“尚七罗汉”联系起来。廉颇老矣，尚复当年勇。

传说老三弥留间
以手指妻不能言
老妻恸哭是何苦
“我死换你享天年”

这是村里人说给我听的。当时岳老三在开往县城的拖拉机上，周围有谁我也没有调查。这是杜撰呢还是确有其言，今已不可考。不过人们转述这些，都说得煞有其事，末了还总不忘加上一句“铁骨柔情”或者“有勇有谋”之类的话，仿佛说的是港台片里的古惑仔，然后都不忘竖一下大拇指。

老三丧事要大办
锣鼓响器俱应全
生时不养死尽孝
八个儿女噪堂前

满村翁媪沿街立
兔死狐悲泪如雨
北风吹雪两鬓斑
堂上老母默无言

岳老三喝药自杀，是十多年前的事了。他死后，老妻被八个子女轮流赡养。老人执意不从，宁愿守着老屋，守着他们相濡以沫的旧时光。孩子们更加执意地把她接走。老屋迅速被变卖，被推倒，那宅基上迅速立起一座新院落，就像擦掉一块顶在额头的污渍。我回村时反复勘察，旧迹果然无踪。

从那以后，村里刮起一股赡养新风。当时我在城里，还偶能听到某村儿女外出打工，父母无人赡养，贫病投水；某村恶霸为富不仁，老人羞见乡邻，用麻绳悬梁等等新闻。但我们那里，争相以赡养老人为荣。村里后生最怕听到的一句话就是：“可别让你爹（娘）去学岳老三啊！”由于老人的规劝，导致年轻后生们游手好闲的少，聚众嫖赌的少，吸毒犯罪的更是几乎没有。后来村里开始搞新农村建设，粉刷沿街墙壁，墙上画二十四孝图，写上村规民约，建立文化广场，开始每年评选“好媳妇”和“好婆婆”。

这评选工作着实让工作组犯了难。

“这个村群众基础好，觉悟高，几乎家家都应该当选。”25岁的下派帮扶第一书记，看一眼身旁的燕子，推一推鼻梁上的眼镜，如是说。

小游戏

我的小伙伴里，大闷就是岳老三的后辈人。

那时候家家孩子多，同龄的小伙伴多得是。比如建林、海城、三孩、东升和燕子等等。小红有时候也和我们一起玩儿，有时候就嫌我们小。那个时候我们的游戏很多，田野里所有的东西几乎都能被当作吃食，而获取它们的方式本身就是很好的游戏。收罢了秋，我们就在场院里打葶秆，或者撅大脚。葶秆是高粱的顶秆，又细又硬，直直的很光滑。我们把它戳起来，拿一只烂鞋底，哧溜扔出去，把它击倒，就大获全胜，奖品就是那些葶秆，欢欣鼓舞地抱回家里去，给母亲编帘子用。

到冬天，寒风呼啸，我们就去溜冰，或者钻进棒子秸草垛里捉迷藏。夏天的夜晚，捉迷藏能让我们跑遍全村。有一次，我和大闷实在没地方藏了，正好转到海城家的院子里来，看到海城他爹新堆的草垛，高高地顶到了大榆树的树杈，还没来得及压顶盖土。我们对望一眼，满心兴奋地顺着大树爬了上去。草垛顶上真舒服啊，软软和和的，还带着白天太阳的余温和青青干草的香味。我们居高临下，眼看着墙角处的燕子被捉到了，门板后的小不点儿被捉到了，就连茅厕里的三孩也被捉到了。我们屏息静气，紧张地看着他们满村子找我们俩。后来他们停止了游戏，连自己这一伙的人也加入进来寻找，他们焦急地吆喝着，可就是找不到。我们心里那个恣儿，简直乐开了花。晚风吹着，不知不觉睡着了，梦里还听见他们满大街小巷吆喝我们的名字。

等我们醒来，月落西天，已经后半夜了，夜露打湿了衣服和手脸。我们急忙从草垛上溜下来回家，第二天，我俩急赤白脸地骂他们不讲信义。海城说，实在找不到我们，他们重新来了好几盘，玩得很快活，后来就回家了。我们那一觉，实在是耽误了好多游戏。

在农忙的时候，我们就去地里帮忙或添乱。有时候我们去放牛。几乎在一夜之间，这些半大孩子每人牵出一头牛，成群结队地走向大荒原。那时候的夏天水草还丰茂，荒原里有地鼠、兔子、蚂蚱和各种吃食。作物已经长起了，远远地在为村子围成屏障。村子就仿佛一座绿海中的孤岛，高大的树木在显示着它的尊贵地位。荒原上日头毒，绿野漫漫，只有草帽遮阳。中午歇晌的时候，大车下就是天堂。有一次居然下起一场没来由的雨，太阳高照着就哗哗如爆豆。我们挤在车下，嬉笑着看远处的水雾转眼移去，居然仍旧酷热难当。

我们每天换一个地方，从这一畦草甸子，到那一畦草甸子。我们也有分工，有首领，有朋友，有一挂三孩家的大车和七八头牛，以及几头小牛犊，在荒原里移动，就像一个蚁窝在搬家。所以我早在上学以前就明白了“沧海一粟”的含义。

在宏大的事物面前，人类往往手足无措，即使它被你占领，等你奴役。我们那时也挺无聊，朝露清流，碧野千里，落霞炊烟，繁星满天，这些宝贵的东西，对我们来说，仿佛是理所当然。

那时候，我们追兔子，捉地鼠，把一只只蚂蚱用草茎串起来扔进水里，看它们齐心协力划向岸边，好像赛龙舟；也采野果子吃，千方百计地寻找各种新奇植物拿来辨认；也打架，反正每天忙忙碌碌。那时候，蜥蜴和蛇是我们这群孩子的天敌，我们还热烈地探讨过怎样对付它们——现在已经忘了。印象深刻的倒是有一个黄昏——荒原的黄昏真是美极了——我追一只硕大的红蜻蜓而远离了队伍。

漫沟遍野地追，它总停在离我十几步远的草枝上。我气喘吁吁、汗流浃背、筋疲力尽，无数次摔倒在地上；我怒发冲冠、眼中含泪，一会儿祈祷上天，一会儿诅咒地狱；我走走停停、狂追猛窜、左右迂回、前后包抄，它总停在离我十几步远的草枝上。那么美丽的一只红蜻蜓，在晚霞的余晖里轻盈飞舞，像一个酒红色的梦。有一阵子我终于对自己说：算了，不追了。可又想既然已经这么远了还是追下去吧。

忘记了结局，但那只红蜻蜓我始终记得。好像这印象并非来自得到它的喜悦，而是对自己那样辛苦付出的补偿。

有一天晚上，我们在三孩家的院子门口玩“攻城”的游戏。那里有一堆土，不知道是谁家放的，也许是等开春要盖房子或者垒牛棚，也许什么也不干，只是胡乱倒在那里，总之那堆土存在已经很久了。我们就开始“攻占”它，大家把这当作一个目标，一起努力，后来我和海城胜出，成功占领了土堆顶。海城张牙舞爪要朝我冲来，他要独占那里。我朝他摆摆手，指一指身后。那些家伙正猫着腰冲上来，我们俩会心一笑，背靠背站好，我们没有了弱点，所有冲上来的“敌人”都被我们推了下去。我们成功捍卫了“领地”，始终屹立“山头”，不可战胜。这是史无前例的。我们俩满头大汗，浑身像洗过一样，胸腔子里像风箱在呼哧呼哧喘气。不过我们的心里比吃了蜜还甜。那种胜利的滋味就像我们赢得了真正的战斗。

就在他们弯腰喘息着准备发动新一轮进攻的时候，忽然间头顶的杆子上火花一闪，满村里刷一下亮了起来。那亮光比太阳还亮，照得所有东西都在闪光，闪得刺眼。月亮瞬间仿佛没有了。抬头看见它还在天上，不过已经混沌朦胧，远远不及一家房子里的灯光。

我们赶紧跑回家去，获得了一个令人振奋的消息——来电了。

疯小福

在我的记忆里，童年可以分为无电时代和有电时代。有了电，我们几乎所有的时间就都去燕子家看电视了。她家有一台黑白电视机，晚上就搬到院子里，人们摇着蒲扇坐着小马扎，一边看一边还要摇头晃脑地品评。小孩子没有资格坐，就挤在自家大人的怀里或者干脆爬到房顶上看，有的直接爬到树上看，又凉快又舒服。

燕子家的晚饭都是在大家眼皮子底下吃的。

电还没来的时候，我们主要是在村里做游戏或去野外荒原上瞎转悠。更多的时候，我们在小不点儿家的院子里玩。

小不点儿大名叫建林，他在家里年龄最小，长得又瘦，小胳膊小腿，只有一个大脑袋晃啊晃的，像一截小萝卜头。他的哥哥姐姐都有名字，到他出生的时候爹娘已经离婚了，也就是说，再不会有小孩子排在他的后面，于是人们管他叫小不点儿，叫着叫着就传开了。

小不点儿他娘从小背着他走过很多地方，他比我们有见识得多。他能说上来很多村名，这些村距离我们很遥远，只在大人嘴里听说过。他还吃过各种食物，有花样繁多的馅饼，有各种做法的地瓜，还有很多野生的植物，像茅根和节节草，还有老鸹瓢，还有秃噜酸。

秃噜酸太酸了，不单比不上茅根，连牛吃的老鸹瓢都不如，这简直不是人能吃的东西。我开始怀疑小不点儿的权威，赌气跑回家去问娘，娘说是真的能吃，就是这个味儿。

娘还说："你吃不下，是你饿得轻。"

我从此就非常崇拜小不点儿。我们在他家的小院子里，帮着他和泥、烧火，忙活一上午不出去，我们也很高兴。

小不点儿的娘回来了，她有一张布满愁苦的褶皱脸，老得倒像是小不点儿的奶奶，不过她看见我们立刻就笑了，是那种无声的笑。我们几乎听不到她说话，她平时只是无声地笑。她有很沙哑的嗓音。

她跟我娘还有一点不一样，那就是烟抽得很凶。她的嘴里，有时会叼着一根烟卷，更多时候是卷的烟叶子。她卷烟叶子的时候我们就在旁边帮忙，一些废本子纸，一些碎烟叶末子，撒上一点儿，卷了，就开始扑哧扑哧抽起来，伴着剧烈的咳嗽。

那个小院子可真小啊，就像一个袖珍型的玩具，还不如我们家的茅厕加上猪圈大。它孤零零地站在村头的草地里，周围是很多细嫩的野草，旁边还有一个枣树园子，也没有围栏，在庄稼地头上，就那样散漫地生长着。

那个小院子里只有一间屋，一个屋门推开，里面半间是火炕，睡他们一家，小不点儿、娘、姐姐、哥哥。炕下是一张桌子，挤在门后。人一进来就要上炕，如果不上炕，就要转身坐在炕沿上，地上站不下两个人。

更奇怪的是，他们家是有围墙的。那围墙从这边墙开始，到那边墙结束，也是一间屋子大。院子里有灶，柴火堆在门口。那墙纯用红泥垒成，不过并没有脱坯，而是用手掇的，嶙峋凹凸，极不规则，那上面还带着手印子，远看就像屋顶上疙疙瘩瘩的燕子窝。

我们就像一窝小雏燕，看半人高的墙头上画出圆弧形的天空，有白云被风推着快走，有一两只鸟雀子唰地掠过。看小不点儿娘给我们摊菜饼子吃。她把菜叶子和到面里，在大锅里摊开，我们都争着烧火，一会儿就有香味飘出来。

小不点儿娘给我手里托一块菜饼子，让我拿给母亲。我兴冲冲地跑回家，朝母亲炫耀，被母亲劈手夺了，扔到篮子里，说："疯小福的东西不许吃，脏！"

父亲回来了，看我在崖头前痛哭，问："又怎么了？"

母亲说："又'要麻'了，犟种！"

父亲卸下牛车，走进屋里去，跟母亲嘀嘀咕咕好大一会儿，手里托着菜饼子出来，跟我说："能吃！你吃吧。以后想吃了让你娘给你做。"

说着，他转身拿出两个馒头塞进我怀里，推着我往外走："去吧，拿去给小不点儿吃。"

我吃腻了的干馒头，小不点儿看到后竟两眼放出光来。他推让了半天，接过去，掰下一块就送进嘴里，快速嚼起来。

只有我和三孩敢在小不点儿家里玩，其他人都怕他娘疯小福，说她可凶了。我们都不信。可是有一天晚上，她果然骂起人来。那是一个很平常的夜晚，月亮很亮，我们趴在燕子家的墙头上看着电视，忽然一个很高亢的嗓音响起来，那声音像旧砂纸一样刮着人的耳根子，那些污言秽语噼里啪啦地迸射出来，简直不堪入耳。父母都把我们悄悄地领回家，关上门和窗户，那个树梢上的沙哑声音就像一个巨大的幽灵回荡在村子上空，久久不肯散去。

那天晚上，小不点儿他娘好像是骂村里一个叫刘老有的人，骂他欺负他们娘儿们。后来又听过几次她骂人，都是毫无征兆，不知道什么小事刺激了她，晚上就扯起嗓子骂起来。渐渐地，除了我们几家待她友好的以外，她把全村人几乎骂遍了。

疯小福的母亲，就是那个外号叫“妈虎”的人。她护佑最多的孩子，就是这个最小的女儿小福。她保护女儿的方式就是护孩子，谁家惹到了女儿一丁点儿不高兴，必定打上门去。小福的父亲也宠爱女儿，他宠爱的方式就是让女儿享受，享受自己多年的奢望。小福三岁就跟着父亲参加公社的会议，抽烟，喝酒，坐席吃丸子。她长到十八岁，嫁给了解放军战士崔小召。也有的说，是她看上了崔小召，崔小召才能扔下锄头去当了兵。她和崔小召生了三个孩子。生了三个孩子以后，她的父母都死了，崔小召转业留在了省城济南。

小福没有去成济南，原因是崔小召结婚了，他在省城又找了一个媳妇。“崔小召就是现代陈世美！”小福家的人都这么说。不过崔家的人说，是他们早就离婚了，或者他们根本就没有登过记，小福这种疯女人，过日子谁会受得了。

登记是多么可怕的事！听小红说，登记就是两个人脸对脸躺在一起睡觉。小不点儿娘脸上那么多褶子，那可怎么睡得着？看来没有登记是真的。

不能理解的是，小福把崔家人骂遍了，把自己家人也骂遍了。她现在住的那一大片热草地，包括那个枣树园子，就是她以前的娘家。

秋收忙完了，人们开始准备猫冬。小不点儿又要跟着他娘出门去了，这是我曾无比羡慕的远行。小不点儿是早晨偷偷走的。说好的带上我，结果他食言了。我们赶到他家去时，一把大铁锁挂在门上。我无精打采地回来，饭也吃不下。父亲看了看我，欲言又止，最后还是告诉我：小不点儿是跟着他娘要饭儿去了。

他们挎着篮子，拖着棍子，一路上被狗追着，晚上就睡在村头的草垛里。要等到讨上半口袋棒子窝头和高粱饼子，到过年才能回家来。

白菜汤

过年了，又能喝上白菜汤了。

乡亲们选择白菜汤做年夜饭，很有道理。一来物美价廉，家家能做；二来这大白菜炖汤，最喜猪大油。年集买来一大块猪肉，铁锅熬油，盛在碗里，凝固了满满一大块奶白的油膏。熬汤时放一勺子进去，满屋肉香。炼油剩的肉渣子就让孩子们抢着跑了，也顾不得热，吸溜吸溜吃进嘴里，手里还不耽误贴春联，抹着糨糊，抽空擦一把鼻涕。

那些早就炸好的藕盒呀、炸肉呀，这时候统统派上了用场，全部放进锅里去。这年夜饭的杂烩汤，那解馋的滋味，真比朱元璋的珍珠翡翠白玉汤还要让人怀念。

那年我大概读三年级了吧，寒假，在风里乱跑也跑腻了，开始各家串着找书读。那时候刚刚认识一些字，就像刚学会了一门手艺，半生不熟，正是技痒的时候。不过那时候有书的人家并不多，有一次正是大年三十，下午我串到燕子家，发现了一本没皮的烂书，角都卷起来了，讲了一艘船在全世界的海底探险的故事。后来我知道了，那是《海底两万里》。

当时真看得我是如痴如醉。我趴在燕子家的炕上，脚蹬着她家卷起的被窝，觉得太阳从窗子外面慢慢地没有了。光线越来越暗了，我只能使劲揉眼睛，还是看不清，又加上不知道是哪里的乱响，噼里啪啦的，闹得人心烦，我也没空搭理它。不知道是谁家的娘在街上叫孩子吃饭，一声一声的，从东叫到西，又从西叫到东，慢慢地近了，又慢慢地远了，好像卖豆腐的。后来燕子娘端来了煤油灯，眼前一下子亮了。我感激地看了她一眼，又接着看书。燕子爹踱进来踱出去，在我眼前晃了好几趟，挡住了我的亮光，我生气地说："你让一让。"他就又出去了。

我看完的时候，天都黑透了。我爬下炕，找到我的鞋。堂屋里，燕子一家正在包饺子，预备明天吃。小小的燕子正在学着擀皮，她弟弟海波往高粱秆托盘上拾饺子。小家伙不好好拾，边干活边玩。我说："你们还不吃饭啊？"海波得意地说："我们早就吃过了，你看，锅都刷出来了。"又说，"今年的菜汤真好喝。"

一听喝白菜汤，我一下子想起来今天是大年三十。我拔腿就往家跑，既怕爹娘骂，又觉出饿得慌。门外黑咕隆咚，我最后的印象是下午响晴的天儿，中间的记忆完全是一片空白。我可能是饿坏了，又遗憾耽误了盼望已久的好饭。一路上闻着满村都是带肉末的白菜汤味，那个香啊，我一辈子都忘不了。

那年，我喝的是娘给我重新热的白菜汤。但是缺了黄昏里那噼里啪啦的响动，缺了那飞迸的红纸屑，淡了那满村飘荡的香味，我那顿白菜汤，吃得一点年味儿都没有。

我的回忆里，整整缺了一年。

还是娘说的对啊——“人不能走神”。这一走神，就耽误事儿。不过，我却越来越多的走神儿，以至于一生都要在走神中晃荡过来。

小春倌

村头的小春倌她爹死了。

小春倌比我大一些，她的朋友是小红。她们已经知道男女有别，玩游戏的时候实在凑不齐人数，她们也只带着燕子玩儿。有一次三孩死皮赖脸地凑过去，被小春倌拧着耳朵揪出来："你是男生！"小春倌细手细脚的，个子已经长得很高，我们都不是她的对手。

"你们玩什么？"

有一次我忍不住好奇去问燕子。她刚刚从东边回来。

"我们玩结扎的游戏。"燕子神秘兮兮地说。

在我的百般哀求之下，燕子忸怩地教我去玩新游戏。我们家门前有一大片蓖麻地。高高的蓖麻秆能达到父亲的肩膀，我们钻进去，大蓖麻叶子就像挺立的大绿伞，洒下一地阴凉。地面上很松软，都是被母鸡刨出来的沙土坑，有时候还有一两根鸡毛粘在地上。

"要是再有个鸡蛋就好了。"我说。

前几天我们在这里玩儿，燕子就从沙土坑旁边发现了一个红皮鸡蛋。地面上没有一株青草，阳光都被大蓖麻叶子挡住了。

我们对面坐下来。燕子过来抱住我，她把我慢慢推倒。“要这样。”她把我放平，趴在我身上。

我觉得心里一阵异样，懵懵懂懂，有点儿陌生，也有点儿兴奋。忽然间很羞愧，觉得自己太笨了。这时候，我觉得肚皮上一凉，燕子的手已经抓到了我的裤带子。

“还要脱下裤子。”

我死命抓住裤子，犹豫起来，望着燕子笃定的目光，手又不知不觉地松开了。

“我的也要脱下来。”燕子安慰我说。

可是我的裤带子系得太紧了。那还是娘从姐姐的旧裤带子上改装来的。燕子解不开，我也低下头帮忙。后来我们两个人围绕我的裤带子展开了一系列“研究”，两个小脑袋上都沾满了泥土和汗水，最终还是失败了。

这个时候我的尿憋不住了。我说：“我想撒尿。”燕子赶快扭过头去捂住眼睛，我按照母亲教我的已经操作熟练了的解裤带方法，可是解不开，因为燕子之前的操作，已经改变了绳扣的结构。

尿是不能等的，裤子也不能尿湿，这是两个原则，否则屁股上就会挨巴掌。我的大脑飞速地转着，还没有想出办法，手已经抓住裤裆，“刺啦”一声，我把裤子撕烂了。

多年以后，在数学课上，面对着复杂的几何图形和辅助线，我忽然想到了那个下午我和燕子解不开的绳扣。那可能是我最早的几何启蒙。那天拱出蓖麻地的时候，燕子趴在我耳朵边上，神秘地告诉我，小春倌的爹娘每天晚上都要“结扎”。

人们都急匆匆地往村东头走去。娘的步子迈得很大，我跟不上，央求她等一等我。可是她没工夫搭理我，院子里已经站满了人，都是大人，乌泱乌泱的，在说着一些“太年轻”“可惜了”“可怎么活呀”之类的话，夹杂着叹息。

我看见小春倌跪在屋里的炕头前，细声细气地哽咽着，瘦肩膀一耸一耸地，妹妹秋倌挤在她的身旁，傻愣愣的不出声。

后来院子里抬来了一口棺材，我们这些小孩子就都被撵出来了。堂屋里传来撕心裂肺的哭声，那是小春倌的娘在哭。

春倌爹是患伤寒而死的，那年三十多岁。据说死前一个冬闲，春倌爹用小推车垫出了整个大院子的宅基，第二年春天盖起了五间大屋，九层砖的地脚。那是我们村最敞亮的房子了。

“春倌爹就是累死的。”人们这样评价，端着碗在路边吃晚饭的时候纷纷说：“那种高崖头得多少土啊，可惜没福气。”又说，“春倌娘肯定守不住。”人们纷纷说：“是。”我母亲也这样说，被父亲回头呵斥：“你胡说个啥？”

母亲端碗回屋，嘴里不满地嘟哝着：“本来就是嘛，瞧那眉眼，就不是个守得住的人。”

果然，不到半年，春倌她娘就改嫁了。我们从此见不到小春倌和她的妹妹小秋倌。有时候玩游戏缺人手，我们也会想起她，问母亲，回说："跟着享福去啦，嫁到北岭去啦。"顿一顿，又自言自语地说："唉！没爹的孩子，能有啥福好享啊？"

我们也就不再问。

母亲有时候教我唱儿歌："小白菜啊，心里黄呀。两三岁上，没哩娘呀。"会忽然停住，说："小春倌也不知道怎么样了。唉，可怜了两个孩子呀。"

有一天，我娘忽然喊我回家，告诉我，小春倌回来了。我真是惊喜交加，急忙跑到她奶奶的院子里，看见大枣树底下，人们一圈圈围住一个高挑的女生，穿着花裙子，肩膀瘦瘦的，正是小春倌。她好像对人们的关心和询问很不耐烦，皱着眉头，冷言冷语的。她后来挤出人群，我急忙叫她过来。她看着满地的鸡屎犹豫着，我注意到她的脚上是一双崭新的白瓦鞋，这种鞋很难得，全村只有小红有一双，是她的表哥从东营给她捎来的。

我怯怯地走上去，递给她手里拿着的铅笔盒。那是北岭的表哥过年送给我的，一个崭新的铅笔盒，里面还有一块有香味的橡皮。我小小的心里，觉得小春倌很可怜，就想把好东西送给她，这样心里也好受一些。

可是小春倌犹豫着，并不准备接过去。这是我第一次送给女生东西，我又羞又急，往她手里一塞，就跑回来，听见身后传来人们的笑声。这时候，枣树下的大人们看我跑得狼狈，都善意地哄笑起来，可是我听着非常刺耳，好像他们在嘲笑我跟女生有瓜葛，这是大人们之间经常用来互相嘲笑的话题。

小春倌下午就走了，她是跟她娘一起回来的。据说她在北岭生活得很好，那个男人很照顾她们娘仨。全村都相信了这件事，因为春倌娘回来是要迁坟的。她要把春倌爹的坟迁到北岭去，这样方便她们母女祭扫。

“反正我们死后是要合葬在一起的。”春倌娘说。

她已经跟第二个男人商量好了——“活嫁死不嫁”，就是说她死后还是归属春倌爹。

“真是有良心啊。”春倌奶奶说起来就抹眼泪。

当时说春倌娘守不住，说得最起劲的恰好也是她。

那个铅笔盒最终没有被拿走，小春倌把它留在了她奶奶家里。我也没有勇气再去要回来，就任它在春倌奶奶家的门框匣子上慢慢风化。

荒原的秘密

小春倌的爹，使我第一次知道死亡这件事。

虽然我并没有看见死人，回家还是发起烧来。娘想让病中的我吃点好的，便到供销社给我买了一个罐头吃，是那种黄桃罐头，晚上父亲用剪刀剪开铁盖子，把它倒出来，黄澄澄一大碗。用勺子送一口到嘴里，一直甜到嗓子眼。我“咕咚咚”喝下去，病立刻好了。父亲也很高兴，因为他有了一个玻璃水杯，就是那个罐头瓶子。

我上学以后，胆子大起来。谁家再死了人，也跟着去看热闹，但是从来没有见过真正的死人。我只看那些锣鼓响器和灵棚上的铭旌，看那些孝子孝女怎样哭法，葬礼上还会来一些外地的亲戚，我们讨论他们的穿着和模样。

后来读初中，要到邻村去上学。晚上下了晚自习已经10点多了，我一个人走回村里，经过村子最南端的院子，是胜利家的。这个院子我很亲切，小的时候整天来玩。后来老人搬到城里去，就没有人住了。院子里长满了荒草，大锁头上生了锈。

可是那一天，我经过他家门前，看见堂屋里透出灯光来，就从那两扇木门的缝隙里，一点点亮光摇曳着，像极了人们传说中的鬼火。我头皮发炸，赶紧跑过去，耳朵里只听见“咚咚咚”的响声，分不清是脚步声还是心脏的跳动声。

到白天，我不害怕了，就忍不住疑惑，夜晚憋不住好奇再走一遍，到了现场却㞞了，再一次落荒而逃。

后来好久不敢走那条路，宁可绕远路回家。

那个小院子成为我少年时代的一个心结。

等到我上了高中，曾专门回去探查究竟。从门缝里望进去，蜘蛛网已经挂满了房梁。如果有什么狐仙草怪，是断不能容身的。我绕着它走了一圈，发现后窗和房门在一条直线上，那就有一种可能，是后邻居家的门灯，把光透了过来，随着门扇的开合而摇曳生姿。

“权当这是真的，就是这样吧。”我在心里对自己说。反正我是没有勇气等到夜里再去探查一番了。

我们家到邻村中学是可以取直线的，那就要直直地穿过庄稼地。月明星稀的夜晚，远处起了淡淡的雾，一时月光也变得虚无缥缈起来。那些远树啊，小屋啊，都模糊了边缘和轮廓，朦朦胧胧仿佛走在透明的水里。夜风吹过来，带着豆麦的清香。我慢慢地走，真愿意这样的路程没有尽头。

置身田野，最让人有出世之想。我向往的仙境也不过如此吧——夜风送爽，十里清香，夏天积雨的水塘里蛙鼓伴着虫鸣。远处村里传来人家的笑声，那是村东的老马家新添了小孩子。村西的老曾家，老人此刻正躺在床上，静静等待着入土为安。

鸟去鸟来山色里，人歌人哭水声中。

到了下弦月，天就黑得深邃。到月末月初，走在庄稼地里，就只剩下“唰唰唰”的玉米叶子抽打衣服的声音。虫鸣也听不到了，花香也闻不到了。只是急促地走，仿佛身后会冷不丁冒出一个恶鬼来。远远地望见自家院子的灯光，是多么亲切呀！仿佛溺水的人看见了灯塔。那屋檐底下的门灯永远亮着，在那一片黑漆漆的房子里显得异常温暖。那是母亲为我点亮的灯光。只要是我上学的日子，母亲都记得为我亮着门灯。

晚上不敢走庄稼地了，只剩下白天走。起晚了，走得急，都听见预备铃响了。我跑起来，被一个土坷垃绊了一跤。从玉米秆子的夹缝里，看见旁边有一个小篮子。我犹豫着，一边着急着时间的紧张，一边还是忍不住好奇，斜过去看一眼，就一眼，应该耽误不了多少时间吧，也许有什么宝贝呢。

那是一个精致的“馍馍苑子”，新编的，还带着白白的碴口。这比家常用的小篮子要编织得细密，两头各有一个弯曲的“翘角屋檐”，像一顶乌纱帽。碰上那些婚丧嫁娶的“红白公事儿”的时候，主人家就会挎上它去走亲戚。它不叫篮子啦，有一个单独的名称叫“苑子”，里面通常是装几个白面馍馍，讲究的还在馍馍上点上红点儿，所以又叫“馍馍苑子”。

我那天看到的就是一个“馍馍苑子”，里面是几件小花衣服，小袄小裤，都只有巴掌大，小巧玲珑的，很可爱。里面鼓鼓的，包裹着东西。我怕有老鼠咬手，就拿一根草棍拨开衣服，露出了一截小孩子的腿来。

“我滴（的）娘哎！”我抹头就跑，一口气跑到学校，居然没有迟到。

还没有放学，我就发起烧来，被老师送回了家。一进门，正碰上几个人在我家聊闲篇。我听到了一个惊人的消息：老马家的小孩子前天死了，还没有出满月。

这是我第一次见到真正的死人，竟然是一个还未出满月的小孩子。那些还没养大的孩子，是不能入祖坟的。我们那里的女人，一辈子都会坐十几个月子，真正养大的儿女并没有很多。

辽阔的荒原啊，深处藏了多少我们还不知道的秘密？

长歌行

村前的那个小院子里曾经住过一对老人，他们对小孩子很和蔼。过年的时候，我们满村里跑着拜年，只有他们家老奶奶给我抓一把高粱饴塞到棉袄兜里。其他的人家，要么是瓜子，要么是花生，最好的也就是水果糖。还有的什么也不给，问了好只是敷衍地回答“好，好”就不搭理我们了。他们只顾了跟大人寒暄，对小孩子不耐烦。

老奶奶的高粱饴很好吃，我就大着胆子凑过去，在她家的炕沿上磨蹭磨蹭。老奶奶盘着腿，坐在炕上喝茶水。她就多倒一碗，端给我：“你喝碗茶水吧。”

我受到了成年人的礼遇，一下子感觉自己是个大人了。我紧张又兴奋地说：“好。”手激动得哆嗦着去接，把茶水洒出来一些。

老奶奶和气地嘱咐我慢着点，一点儿也没有责怪的意思。

老奶奶很富态，白白胖胖的。

她有个大儿子考上了中专，成为一名受人尊敬的医生。总有一辆黑色的小汽车把他送来过年，那车停在院子里，油光锃亮，我们隔着老远都能看到。

胜利是她的第二个儿子，那时候还在读高中，长得高大，下颌很宽，嘴唇上已经有了浓密的胡茬。他看上去很严肃，不过我可不怕他。我知道他一笑起来就显出天真的模样，而且从不欺负小孩子。

闷热的夏天，知了在单调地叫着。他就在东屋山下支一张桌子，在阴凉里复习功课。我这时候总愿意撇开疯跑的小伙伴，去他那里转悠。他没空搭理我，我就在旁边蹲着，用两手托着腮，看他写字。他写累了，就转回头跟我说话。有时候看他兴致好，我就央求他表演功夫。据说他在学校里练武功，但是他总是笑笑，说那是别人瞎说的。

那时候电视上整天演《霍元甲》和《陈真》，满大街孩子都在练功夫。没上学的打不过小学生，小学生打不过初中生。他既然是高中生，肯定武功很高。

央求到他受不了，他就站起来活动活动筋骨，做一个劈叉动作，前后虚劈几拳，我就如获真传，跟着操练起来。

东屋山是他们家新盖的房子，还没有封顶，只有东西两面墙杵在那里。因为要支撑房梁，那墙就尖上去，呈三角形，我们当地叫作“屋山”。

胜利身后的屋山墙上，有几个凹坑。我听三孩说，是胜利用拳头捶出来的。他说那天他亲眼看见，胜利伸展一下腰臂，猛一回身，那半个拳头就嵌进墙里去了。有一天我跟燕子吹嘘自己的武功，为了向她证明师出名门，我带她来到东屋山下，告诉她这些凹坑的来历。我说自己亲眼看见，胜利随手一挥，那拳头就整个嵌进墙里去了。

燕子满怀崇拜地走上前去，用手仔细摩挲那凹坑，觉得不像是拳头捶的。我仿照胜利的姿势，大手一挥："你懂得什么！"她也就不再坚持自己的观点了。

有一天早饭后，海城从南边来，给我捎信说胜利找我。我兴冲冲奔到他家院子里，看他正在写字。他抬头对我笑一笑，仍旧低头写。等写完了，他用嘴唇吹一吹，把那张纸折起来，递给我："喏，给你。"

"给我的？"我受宠若惊，傻笑着，双手接过来，如获至宝。

然后他就回头忙别的事了。

我的注意力全在这张纸上，顾不得跟他打招呼，回头跑到家里来，把母亲陪嫁的大红木箱子打开，把纸放进去。想一想，又拿出来，等到父亲干完活回家，我捧到他面前，请他认那上面的字。

"青青园中葵，朝露待日……这是一首诗啊！"父亲惊诧道，"谁给你的？"

"胜利。"我一听是一首诗，心里很沮丧。我还以为是什么武功秘籍呢，最起码也要是一封信，或者什么机密的嘱托。

"是一首诗，"父亲仔细读完，"有些字我也不认识，不过大体意思是让你好好学习，不要贪玩。"

我已经半点兴趣都没有了。父亲却长久地拿着它，对着门口的亮光看，过了好久，他说："没想到胜利给你一首诗，字儿还不错呢。"

我又去看那挺拔的钢笔字，天蓝色的，笔画很粗。那种曲里拐弯的笔迹是老师经常批评的连笔字，"不板正"，老师总是这样说，不知道父亲说的"不错"在哪里。

第二天，我再去小院子里找他，那个白白胖胖的老奶奶告诉我，胜利考上了大学，他去城市里上大学了。那一天收拾东西就是在为离家做准备。

胜利考上的是中国石油大学，这是当时第一流的本科大学。他毕业后分配到胜利油田的采油厂当了技术员。那时候我已经略大一点，听说他确实有功夫。采油队上有几个青壮工人欺负他，看他不过是个大学生，就不服从他的管理，采油厂按照规章制度对他们进行了罚款。没几天，他们把胜利约出去，想好好收拾他一顿。第二天，他们一个个吊着缠满了绷带的胳膊，找到队长办公室里来告状，说新来的技术员把他们打伤了。队长大发雷霆，说："我还不知道你们！你们这帮老油子，平时就是惹祸精，现在欺负人家大学生，再来恶人先告状！"结果每人扣光年终奖，还得给胜利赔礼道歉。

从此这些工友们都围在胜利身边，把他当大哥。

胜利好好的前程，毁在恋爱上。他在大学里谈了一个女朋友，女孩家是高干家庭，那女孩希望胜利留在城市里，很反对他下采油队跟一群油鬼子混在一起，弄得衣服脏兮兮的。他们一再地吵架，分分合合。有一天吵急了，俩人动了手。要是平常人，打个鼻青脸肿也就算了。可是胜利有功夫，下手重了——他失手把人打死了。

他吓坏了。那是20世纪90年代，打死了人，他觉得自己就要被枪毙了。惊慌失措，心里完全乱了方寸。他下意识地想跑，想一想，又回头把人拖到地沟里盖上盖板掩埋起来。为了掩饰，又画蛇添足地在盖板上停放了一辆自行车。

胜利被抓了，他拙劣的掩盖在刑警面前简直是掩耳盗铃。他被判处无期徒刑，将要在监狱里度过余生。

穿过时光，想起那个早晨，他意气风发地给我抄写《长歌行》，而我竟激动地没有好好看他一眼。现在回想起来，怎么也浮现不出他清晰的面容。

那是我们的最后一面。

阿罗窝月

如果是白天，那条上学的路，就是我见过的最美的风景。我那时正值青春年少，世界在我眼里，新鲜得仿佛刚结的瓜，那上面还带着白白的绒毛。

我现在随手画一条曲线，还是那条上学的小路。

那条路从我们家院子出发，绕过堆满了柴火的大草垛，跨过长满了青青芦草的沟渠，沿着庄稼地的边缘迤逦向西，在小尚家的崖头折向南，遥望着远处参天的大柳树，那是新城家的大瓦房。一条很窄的小路，斜斜地伸向西南方的沟底，那条大深沟是以前的老河道，夏天总会积满了水，需要挽起裤腿蹚过去。沟两旁长满了柳树林子，密密匝匝不透风。这里要上一个很长的陡坡，坡上的人家都建在老坝上，从坝上望出去，远方的田野里绿庄稼挨挨挤挤，一阵风吹过来，那些庄稼此起彼伏，仿佛海浪，连吹过来的风都好像是绿的。这个村子走到中间，路旁就出现一个灰蓬蓬的大门，青砖垒的门楼，上面镶嵌着五角星，这就是我们的中学了。

中学院子里有三间砖瓦房，水泥地面玻璃窗，分别当作初一、初二和初三的教室。砖瓦房后面还有一排平平的土屋，那是老师们的宿舍和大伙房。整个院子围着一圈土院墙，院墙上碱蚀的破洞里，老母鸡和大黄狗钻来钻去。教室前面是大柴火垛，那是学生们凑来的柴草，为了大伙房里给我们烧水馏干粮。

放学了，我把书包往肩上一挎，快步走出教室。身后的灰尘已经腾起来，值日的同学们把桌椅搬得叮叮咣咣响。我走出校门，同学们早就走远了。太阳已经落山，只剩下红霞满天。有些晚饭早的人家，已经把桌子放在了当院，大木壳子收音机搬出来，像一只老猫蹲在窗台上，《新闻联播》还没有开始，邓丽君正在唱着软绵绵的情歌。老人们在吼喊着自家的毛头小子，禁止他们听这些“靡靡之音”。

“独立寒秋，湘江北去，橘子洲头……”我边走路边背诵着口袋里红皮小书上的诗词。这本小书是我花五毛钱买的，在学校门口，那是我第一次买书。它方方正正的，很薄，里面收录了毛主席的三十多首诗词。

没有人要求我，可我就是喜欢背诵这些韵脚鲜明的文字。

这时，路尽头有个人影一闪，大红的面包服。我知道，那是小红。小红可真是时髦，她的表哥是北岭的拖拉机手，经常给她捎回来外边的各种好衣服。在学校，这是最拉风的衣服啦。那面包服脱下来，里面还有条纹的蝙蝠衫呢，把小红的身材衬托得修长苗条，像一棵春天里的小树苗。人影又一闪，小红的马尾辫甩呀甩的，鹅蛋脸也露出来了。等我走近，她笑盈盈地从墙角处转出来，扑闪着一双水汪汪的大眼睛。她不说话，就那样笑眯眯地看着我。我在那一刻忽然就呆住了，忘了从哪里抄到本子上的“巧笑倩兮，美目盼兮”，那些拗口的平平仄仄，仿佛电光石火，一瞬间让我的脑电波短路了。我呆在当地，眼里只有这红扑扑鲜苹果般的笑脸在眼前盈盈地笑着，那樱桃小嘴在一张一合，却没有一点儿声音。等到天雷滚过，我的元神归窍，眼前已经没有了人影，看手里只有一张小纸条。上面是一些拼音，我费力地拼着：“阿—罗—窝—月。”这都是些什么乱七八糟的呀，难道是英语吗？可是这个单词初一还没学呢。这个小红，学习不好就喜欢恶作剧，不过，她长得可真招人喜欢。而且，她还那么大胆。要知道，在那个时候的农村中学里，还没见哪个女生单独跟男生说过话呢。我摇摇头，顺手把纸条塞进书包里。

晚饭已经摆出来，不过我没工夫吃。我已经看见娘买回来的年画啦。今年爹没去，所以没买刘晓庆。看娘会买些啥？那本大挂历足有半人高，除了下边一巴掌大的月份表，其余都是好看的风景画。都是外国的，洋房、海滩、椰林，还有一棵长满黄叶子的大树。我正要翻，娘喝住了我：“还不快去吃，饭都凉了。”我只好悻悻地走回饭桌。

做作业的时候，爹和娘在外屋贴挂历。我隐约听见娘说：“这不是贪便宜嘛……”我起身要去帮忙，娘慌急地挡在我身前，说：“都是初中生了，还贪玩！”这可是少有的事。

我要睡觉的时候，娘已经把挂历都贴好了。围着外屋的墙上整一圈，在我的小床周围却少贴了两张。我把墙角边自己的小床仔细地扫一遍，然后半躺在被窝里看窗外的夜空。这是我的独立空间，是我上了五年级后才争取来的。

在这以前，我们都是全家挤在大炕上睡。我读作文选，看到城里的小孩都有自己的书房，就对独立空间特别向往。在我的软磨硬泡之下，父母勉强同意了我的请求。于是我在外间堂屋里的窗户下，把那张堆满杂物的木架子床收拾出来，重新铺了被褥，又在周围的土墙上贴满了报纸。我特意把印有文学副刊的那一面正对着我，那些楷体的小诗就像一条条蜿蜒流淌的小溪，把阳光都流到我的小床上来了。

现在，我静静地躺在床上，看月光清冷地照进来，那么柔软，那么清寒，像一个少年的梦境。这迷离的月光，让人特别容易走神。不知不觉的，我又想起小红。那次她们女生玩捉迷藏，燕子追得急，看来是走投无路了，小红竟然藏到了男厕所里。我尿急，蒙头蒙脑一脚闯进去，正好和她撞个满怀。我闹了个大红脸，那小妮子竟然“咯咯”笑起来。也是奇怪，我竟然没有生气。反倒是那笑声，银铃一样，一直响在我的耳边。

这样想着，我的目光落在刚贴好的挂历上。我看见第二张挂历的角没有粘好，也许是娘调糨糊时把面粉放少了。我走过去压一压。忽然，我的好奇心大起，我试着把挂历轻轻地往上揭开。背面一个半裸的女人赫然出现在眼前。我一下子瞪大了眼睛，觉得嘴唇发干，下意识地去压紧挂历，好像要把那邪恶的肉体压到墙里去，怕它跑出来一样。我轻手轻脚回到床上，钻进被窝。我压抑住自己的呼吸，可是耳朵里听见的还是牛喘一样，好像胸腔子里有只风箱。我又听一听，确信里屋的爹娘都没有动静，才慢慢放下心来。我顿了顿，又忍不住从被窝里爬出来，蹑手蹑脚地下床，把那个压实的角再次揭开。这次看仔细了，那是一个穿着蕾丝的蜂腰肥臀的女人，她的胸部高挺着，满眼白花花的肌肤。直看得我血脉偾张，浑身像火烤着一样。我把那些边角压平，悄悄钻回被窝，平息了好大一会儿，这才迷迷糊糊地睡着了。

我又走过那个墙角，小红像鬼故事里的仙女一样，悄没声儿地就转出来了。她一把拉住我的胳膊，我很尴尬，可是仿佛没有半分力气。我任由小红拉着走向墙角后的草垛。小红把我扑倒在草垛里。我抱着她，用手一摸，小红的衣服一下子没有了，露出了蕾丝花边和蜂腰肥臀，她的胸部高挺着，满眼白花花的肌肤。我吓呆了，想跑，可是怎么也迈不开腿。那堆肉扑上来，我的骨髓仿佛浇地的水泵在往外喷着，那堆白肉里露出鲜红的嘴唇，把我吸到天上去。我被抽空了，随风飘荡像一片树叶。

我吓醒了，呼呼喘着粗气，好半天才发现手压在胸口上。清冷的月光照进来，照着我的小床。我满头大汗，被子都湿透了。不对，被里黏糊糊的，不知道是什么东西。我找到一件破褂子，胡乱擦了擦，做贼似的扔到土灶前的柴火堆下面。

有了这个梦，我就尽量躲着小红，放学也随着大家一起走。大家就开我的玩笑。这个说："哎哟，清华苗子不用功了？"那个说："全乡第一就行了，还要全国第一啊。"还有的说："全国就最大了？你真没文化，还有全宇宙呢。"这时候小红就落在人群后边，拿火辣辣的眼神瞅我。我总是假装没看见。

终于有一天，小红堵住了我，这时操场上只有我们俩。

"你咋想的？"她问。

"啥？"我愣了。我看见小红的身后，大杨树上那些金黄的叶子已经落光了，只剩下枝条在风里瑟瑟抖动。学校的旗杆还没有大树的一半高。

小红咬了咬嘴唇："你看了吗？"

"啥？"我完全没听明白，自己的梦别人怎么会知道？

小红的眼里涌满了泪水："你这个人……"她跺了一下脚，然后扭头跑远了。

我迷迷糊糊地回到座位上，看小红的位子空着，我又想起那个梦。忽然，我急切地翻开书包，找到一张小纸条，那张写着拼音的字条。

第二天，小红没有来。瘦高个子的班主任梁老师进来说，小红不念书了。她娘又给她生了个小弟弟，她要在家看小孩了。

我捏着那张纸条，走到教师办公室的门口，犹豫着，但始终没有走进去。我又走到初二的大瓦房前，一个戴眼镜的女生从这里走过，我鼓起勇气拦住她："同学，这拼音我不会拼，这是英语吗？"

那女生看了看，忽然红了脸："谁给你的？"

"没谁，我……"我嗫嚅着。

"是英语，I love you。"那女生的声音很好听，英语读得就跟收音机里一样。

"什么意思啊？"我茫然不解。

"看你斯斯文文的，你可真坏。"她忽然羞红了脸，扭头急急地走了。

十年以后，在县城公园里一棵遍体金黄的大树下，我又碰到了小红。她穿着臃肿过时的衣服，正在做清扫落叶的工作。我对身旁戴眼镜的妻子介绍说："她就是我跟你提过的小红。"我顿了顿，又说，"也是我们的媒人。"

最后一封信

走在那条上学的路上，还有很多的新鲜事儿。谁家又添了一个新草垛啦，谁家今天正在给老人过大寿啦，谁家的黄狗下了一窝小狗仔啦。那些小狗毛茸茸的，长得那么憨态可掬，你伸一根手指在它面前，它就用红红的舌头舔一舔，湿湿的、热热的。那早就要定的，就在看中的那只狗耳朵上拴一根红布条，算是记号。

如果生的是小猫，就不能随便看了。属虎的人看了，猫妈妈就会把小猫吃掉。我母亲属虎，我们家的猫生产，她从来不敢看。那次因为要找农具，搬开了大囤，不小心看到了，晚上猫妈妈真的把小猫都叼走了。不过我猜它也许并没有把小猫吃掉，而是把它们转移了。

有一天，我走在路上，看到路旁的刘老有家院子里挤满了人，走在前面的大闷他们也在人群里挤着看热闹。我凑上来，不过没挤进去，人群闹嗡嗡的，个个脸上喜气洋洋。我很着急，就扯住秀姑的衣襟，问她是怎么回事。她跟我说："刘老有的六儿子娶媳妇啦，很俊很俊的一个小媳妇儿。"

“那怎么没有放鞭炮？”

“还放啥鞭炮？直接花的钱。”秀姑神秘兮兮地说。

快迟到了，我跟着几个同学飞快地跑出院子，跑向学校。在我们冲进学校大门的时候，上课铃响了。

我心里一直惦记着看看那个新媳妇儿，没有心思听课，就连下课后东升和燕子的打闹我也置若罔闻。放学了，我抓起书包就往家跑。路过刘老有家的院子，我贴着墙根儿往屋里瞅，他家的木格子窗户是纸糊的，不知道被哪个小家伙捅破了一个洞，我就从那个洞里看进去，看见一个穿着月白色袄的小媳妇儿坐在炕沿上，侧着身，看不清她的脸，看身架倒是很苗条，削肩膀，腰很细。她的身上没有穿红袄，不过头发上扎着一根红头绳，有一个好看的蝴蝶结，忽闪忽闪的像要飞起来。

这个时候，她转过脸来了，那脸白生生的，一双弯弯的眉毛像是在对着人笑。门缝里的光漏进来，把她笼罩在光柱里，那脸上有一层细密的绒毛，把她的脸衬托得像一枚新鲜的白桃子。

我看呆了，忘了躲开。这时候她发现了我，朝我妩媚地一笑，那笑容又干净又善良，我不由得就要走过去。我忘了是在窗子外面，只有一只眼睛在洞里看着了。

我赶紧跑到门口，双手去推那门。门扇晃荡了两下，却没有开。我仔细看了看，那门上拴着一把大铁锁头。这时候那新媳妇也走到门口来了，隔着门缝，她说：“你快走，他们会打你的。”是一个好听的外地口音，看样子她生怕我听不懂，故意说得很慢，咬字也力求清晰。

就在这时，一个粗大的嗓门在我身后吼起来：“谁家的孩子？快走！”就像打雷一样。

我扭头一看，刘老有正从西屋里推门出来，我才不怕他，看他气哼哼地从那边来，我故意站着不动。他看见是我，把手里的木棍戳到墙上，挥着手说：“别看了，别看了，快走！”我边走边说：“偷豆子！”他一瞪眼睛，作势要追我。我撒腿就跑，边跑边喊：“偷豆子不害臊，骑着枕头撒泡尿。”

刘老有是一个无赖，他去地里割草，把人家的豆子偷割了，被当场逮住揍了一顿，我们全村都很瞧不起他，专门为他编排了两句顺口溜。

刘老有的六儿子叫小华，长得很矮，现在说就是侏儒症，他的腿还不好，走路一颠一颠的，三十多岁了还是个光棍。今天的新媳妇就是给他娶的。

娶来的新媳妇都要锁在屋里吗？我去问我娘，我娘支支吾吾的，红了眼圈，只是告诉我，不要再去问这些事。

“他们为什么把那个新媳妇锁在屋里？”我去问父亲。父亲脸上布满阴云：“嗐，小孩子别瞎打问（打听）！”

我真是困惑极了。村里人再也不去那个院子看新媳妇了，难道是她不好看吗？可是我明明觉得她是村里最好看的新媳妇！

后来，还是秀姑偷偷告诉我，这个新媳妇是买来的。刘老有花了一万六千块钱，从人贩子手里买来了这个女人。她是贵州人，还是个初中生，是跟着她表哥出来打工的。没想到她的亲表哥把她给卖了。刘老有去县城车站接人的时候，她还什么都不知道哩。

收罢了秋，老刘家开始准备办喜事儿。村里人照样来帮忙，院子里进进出出的，不过那间房门还是上着锁。听说那女人结结实实地挨了几顿打，老实了，开始配合，不过老刘家还是不敢掉以轻心。在结婚的那天，女人就跟其他新媳妇一样，随着大家摆布，没有任何出格的行为。

人们都在争先恐后地看她的脸，想从那上面看到悲戚或者泪水，但是都没有，那女人木然地行礼如仪，既不悲也不喜，实在是平常得很。人们就很愤愤然，尤其女人们，觉得她要是大哭大闹就对了，心里就会有一种"一切尽在掌握"的得意。现在，这女人没有让她们的判断得逞，那就是刁钻，就是坏，就是不可饶恕的。

"南方人，心气真是冷啊！"

她们纷纷议论，有一种"非我族类，其心必异"的感慨。

胖婶更是说："以后我儿子大了，打死也不让他找一个南方人。"

她的"未雨绸缪"立刻得到了大家的赞同，那些有儿子的就都纷纷表示要照此办理。

等到第二年秋天，那女人生了儿子，是一个白白胖胖的男孩。后来，那门就不怎么锁了，那女人也偶尔在院子里织毛衣。她不会纳鞋底，就央求隔壁的秀姑教她。一来二去的，院子里也有了“咯咯”的笑声，伴着小儿的啼哭，很清脆。

转过年来，我读了初三，那女人已经开始下地干活了。她白生生的脸已经晒成了小麦的淡黄色，两颊让风吹得起了潮红。每次我上学的时候，她总是和小华相跟着出门去地里，肩上扛着锄头。他们有说有笑的，就像这里的大多数夫妻，甚至比大多数夫妻还要像夫妻。虽然我怎么看都觉得他们不般配，小华毕竟是太矮了，他们走在一起，就像白雪公主领着一个小矮人。

不过这并不能影响他们的和睦，他们甚至相跟着去赶集。那女人牵着小华的衣服，样子颇为滑稽。有人打招呼，小华就会自信地挺直了胸脯，大声说笑。秀姑说：“他们还要一起回娘家呢。”

“‘小贵州’亲口说的。”秀姑怕人们不相信，强调说。

在一个下午，老刘家院子里忽然又涌满了人，我们放学经过那里，都怯生生地避开，没有谁敢走进去。因为一个噩耗像风一样传播，说那个贵州女人死了，是得急病死的。这次很快运来了白布，灵棚也运来了，不过放在院子里没有扎起来，仅仅过了一天，就埋了。没有一点儿响动，连吹鼓手也没请。

日子又恢复到当初的平静。这条路上，树叶子依旧像筛子一样，把细碎的阳光漏下来，斑斑点点。只是在经过老刘家门口时，偶尔有婴儿的啼哭声，伸进头去张望，会看到小华佝偻的背影，他更矮小了，仿佛一下子成了老人。

那是麦季里，青壮劳力们都去田里忙活了。小孩子也放了麦假，去地里打下手。只有我们这些初三的学生，因为面临着一生中最重要的中考，所以还要去上课。

这所中学，每年能考出两三个中专生就不错了。为这，学生们不惜复读了一年又一年，甚至有回到五年级重新读一遍初中的，这叫“倒流生”。我们班里就有七个倒流生，都比我整整大了五岁，我压力很大，比以前更刻苦了。

这一天，我很早就去学校。经过秀姑的门口，却看到她倚在自家的大门上，在那里打瞌睡。我去推她，她身子抖了一下，看清是我，忽然间把我搂进怀里，有泪水无声地流下来，顺着她的脸颊，流进我的脖子里。

我吓坏了，说不出话来。秀姑哭了一会儿，收住泪，她憋了半天，还是神秘兮兮地告诉我。她说“小贵州”是被人打死的，打人的就是刘老有和他的五个儿子。小华护着不让打，结果他们把小华也打了一顿。

“为什么？”我吃惊极了。

“小华要和他媳妇回娘家，他爹怕那女人再也不回来了。竹篮打水一场空。”

我晚上把这件事告诉了父亲，父亲长叹一声，对母亲说是真的。他在柜屋里帮忙，听负责收殓的女人们说，那女人身上都是淤青，耳鼻里还有血。

“造孽哦，”母亲摸着胸口说，又回头嘱咐我，“可不能说出去啊！记住了？”

我没有说出去，我已经被吓坏了。可是不久，满村里都在风言风语传这件事，老刘家为此怀疑隔壁的秀姑，曾经打上门去。秀姑赌咒发誓没有说过这个话，村里人也都证明她没有说过。事实上，除了那天跟我说过一次，她确实对此事只字未提。那天她半夜里被噩梦惊醒，倚着门框挨到天亮，精神真的是崩溃了。

不说不代表事情就过去了。收完了麦子，玉米还没有点完，县公安局的警车就驶进了老刘家的院子。车上下来的除了公安，还有一个年过半百的老人，他是“小贵州”的父亲。他接到了女儿寄回去的家信，说是这几天就跟着丈夫小华回娘家。信里说，小华长得矮了点，但是人很好，这里又是大平原，生活也好，她认命了。

据说，小华读完这封信的时候，哭得背过气去。他从此成了一个鳏夫，一辈子再也没有机会娶到媳妇。

老头最终空手而归，既没有带走女儿，也没有让刘老有进监狱。人已经死了，当地的警方也不愿意为一个外地人帮忙。只能相信“急病”的说法，事情也就不了了之。

但是刘老有不依不饶，一直在村里追查，到底是谁帮助女人寄出了那封信。要知道女人曾经写过无数封信，托付过左邻右舍的很多人，也找过很多次借口，都被刘老有一一识破。那几年里，他就像大侦探福尔摩斯，把所有的漏洞考虑周密，把女人的希望一次次扼杀在摇篮里。

不说别人，只说住在隔壁的秀姑，就被女人托过无数次。

但是经过了激烈的思想斗争，秀姑还是一次次把信交给了刘老有。每当这个时候，刘老有就会露出胜利的笑容，一副尽在掌握的表情。

更离奇的是，那封信的邮寄日期竟然是在女人死后，这更让这桩无头悬案平添一股诡异的气息。不久就有人说，这是女人死得冤，鬼魂来报仇了。

有那无聊的闲汉，偏不信这个邪，在街上端着饭碗吃饭的时候就反驳说："鬼魂怎好做阳间的事？"

"不见那窦娥死得冤，都能叫天大旱三年吗？邮封信算个啥？"人们立刻七嘴八舌声讨他。他还不服，反问道："厉鬼索命不更直接？"

"这就是那女人高明的地方。不邮那封信，他爹咋找来？"人们开始动之以情，晓之以理。

既然说到了厉鬼索命，人们就不再往下讨论。不过从此看刘老有的眼神，就变得怪怪的，仿佛在等待着什么奇怪的事情发生。往日借给他钱的，现在也抽个晚上溜达过去，开始支支吾吾地索要。

在人们的注视里，刘老有果然日复一日衰弱下去，腰也弯了，背也驼了，走路开始咳嗽，说是夜里抽烟呛了肺。在县城拍了片子，渐渐地好了。等到收罢了秋，早晚换上夹袄的时候，忽然又不行了，咳了一阵血，死在腊月二十九的后晌。

村里人就说："南方人，心气真冷，到底没让老刘吃上新年的饺子。"

这个时候，仿佛十恶不赦的是那个可怜的女人，而不是眼前这个受到惩罚的老无赖。

如今秀姑也老了，儿子把她接来城里，住在楼上。她嫌憋闷，常到我父母的小院子里来串门。那天父亲过寿，把她接过来，喝了几杯酒，这个七十多岁的老人，忽然神秘地对我说：“那封信……”我说：“哪封信？”

“就是‘小贵州’写的那封信。”

那是女人给她的第四十六封信。她之所以记得很清楚，是因为每一封信都会让她失魂落魄好久。按理说，那女人不坏，很善良，甚至称得上天真。她对每一只小鸡都爱抚好久。她撑着病身子，还会记得隔着篱笆给她家的破碗里倒上狗食。

女人死后，秀姑开始天天做噩梦。那晚她倚在院门上，想起女人的模样，那样无助，那样绝望。还有临死前的哀号，就像电锯，声声锯她的耳朵。她看着东方天际现出的鱼肚白，默默下定了决心。

她白天挎上篮子去赶集，把那封信藏在鸡蛋底下。当她走到乡邮政局大门旁边墨绿色的邮筒前，她还是忍不住慌张地左顾右盼，幸好没有人注意这个扎着红头巾的庄稼婆娘跟极具现代感的邮筒之间有什么不协调。甚至她想好了的谎言——“如果有熟人看到，我就说是给洪山煤矿的表弟邮封信”也没有派上用场。

“那封信是我邮出去的！”

她说出这个秘密，仿佛用尽了毕生的力气。

丧 礼

我亲身经历的第一个葬礼，是住在北岭的大爷。

北岭是老镇店，坐落在黄河古坝上，那里一列高地，形如长龙。它的旁边是盐窝，一个以盐命名的村子。在淤海成陆以前，这都是些海边的高地和盐场，顺着海岸线，星星点点排列开去。现在可是今非昔比，大海被黄河推远，广袤的大平原伸展进去一二百里。北岭啦，盐窝啦，除了地名，它们已经是一些普通的村子，与大海，与高地，与盐都完全不沾边了。

"大爷"是我们这里对大伯的称呼，这位大爷是父亲的叔辈兄弟，瘫痪多年，在那个冬天的早晨无疾而终，享年七十三岁。"七十三，八十四，神仙不叫自己去。"传说圣人孔子逝于七十三岁，亚圣孟子是八十四，所以在我们那里，这两个年龄是老年人的关口。

那是 2009 年，我已经在城里安家了。

据说大爷死的时候，没有人在他身边。大娘本来是不出门的，那天偶然去西邻顺生婶家稍坐了一会儿，进屋来时，仍然笑呵呵的，对着炕上说：“今日太阳儿真好，我得晒晒被子。”等走到炕边，用手一摸，已经凉了。她不相信，翻过来又摸。这年逾花甲的老人，就这样弓着腰，在炕前反复端详，思考这件事情。有一刹那，她的脑子里什么也没想，仿佛一件大事终于做完，身心格外轻松。窄小的窗子外面，这时阳光确实很好，有鸟雀在院子里的树枝上啁啾鸣叫，嘲笑着这座低矮的土坯房。虽然天气好，毕竟是冬天了，街上行人几乎绝迹。所以，当一声苍老的哭喊声划过这宁静的村巷时，只有空气震动了一下，鸟儿们照旧晒着太阳，继续它们的谈话。

大娘已经坐在炕沿上。一种复杂的情愫从心底涌起，但她来不及体会，一生的时光一眨眼就过去了，剩下的，仅仅是一点空荡而已。老人定一定神，有一件大事却是着急要办的。她回转身，把桌子上菩萨像前的香炉端过来，摆在炕边逝者头顶前的木凳上，插上三炷香，点燃了，跪下来，自己先哭喊一声：“孩他爹！”又替六个孩子喊一声：“爹呀，我的亲爹呀！”青烟袅袅，仿佛死者已经领受了孩子们的哭声，心满意足地飘散开来。

按照风俗，老人倒头（去世）孩子们是要在身边的。亡灵有知，总算看到这虔诚的仪式已经由老伴代为完成了。

老人这才站起身，出去叫人。等我们这些亲戚得到讯息，陆续赶到时，天已经黑了。

大爷的院子里，依然像早晨的时候一样。不过树枝上的鸟雀们已经飞走了，躲到了西邻顺生婶家高大的杨树上。时光在这里就像傍晚的炊烟，袅袅地升起来，缓缓地飘散开去。

走进院子，妻子已经哭起来。我知道悲伤不会如此快地袭来，因为下车的时候我还跟她指点过幼时残存的记忆，当时她还在笑着。但是我知道，按照风俗，必须响亮地爆出这一嗓子，哪怕是做戏，好让屋里的人们知道有人来了。并且我还知道，我也应该哭出来，可是我做不到。我最难为情的就是在人前涕泗横流。可是这个时候，悲伤与软弱无关。相反，却是一个孝子是否合格的标志。风俗有时候特别简单，孝顺与否，懂不懂事，就看你哭与不哭。

低矮的房门越来越近了，我的脑海里急速搜索所有有关悲伤的事情，可惜没有。大爷的音容笑貌，更是没有丁点儿残留。回首这些年自己走过的路，碰上多么艰难的时候，我都习惯于咬紧牙，从没有弹珠落泪过。这样的鬼天气也实在让人无法悲伤。晚霞在天空明亮地燃烧，比城里赏心悦目得多。有一个声音在脑海激荡："快哭，快哭出来，不然会被人戳脊梁骨的。"我的眉头焦急地皱了起来，背上出了一层汗。

忽然，我想起了儿时的黄狗。那个幼年忠实的伙伴，从毛茸茸的抱来家里，一直跟我形影不离。它长大后很是威武，就像我的贴身保镖，曾经带给小小的我十足的威风和骄傲。可是后来为了消灭狂犬病，县里组织打狗。一夜之间，村里的狗绝迹了。大黄狗机警得很，人们抓不住它。父亲就摸着我的头，说我是好孩子，让我去把绳扣套到大黄狗的脖子上。

我当时懵懵懂懂，听到慈祥的父亲表扬我，满嘴里分泌着甜蜜的唾沫，就兴冲冲去把黄狗唤过来，用手抚摸它毛茸茸的头。黄狗乖乖地把头靠过来，钻进绳扣里。那些人接过绳子，狗发现中了圈套，嘶吼着左冲右撞，他们就转着圈子，把它抡起来。黄狗壮硕的身子在空中旋转，双眼瞪着，舌头拉得老长。我大哭着，发疯一般冲上去，却被母亲紧紧地抱住了。我捡着地上的石块和砖头，狠命砸向他们……我泪雨滂沱。

大哥把我和妻子从床前拉起来，于是大家也都止住悲声。他们纷纷敬佩地望着我，互相用眼神传达着我是个大孝子的信息。小嫂赶忙搬过两个马扎，于是我们在低矮的小屋里停放着大爷尸体的床前围坐下来，开始寒暄。

大娘坐在炕上，跟几个远道而来的女人唠家常。小屋里少有人来，这时的大娘显得很快活。她兴奋地问东问西，欣喜地打量着随大人同来的小孩子们，逗他们说话。

作为家族这棵老树的主干，她显然对哪一个枝条上又添了新芽记得一清二楚。在她心里，一个人来到世界上，只有两件大事，那就是结婚和死亡。其余的都是千篇一律的重复而已。看见我，大娘慈祥地抓着手问这问那。忽然看见我脚底下，大娘关切地说："还没裱鞋吧？"

按照风俗，死者的晚辈统称"孝子"和"孝女"，要披麻戴孝，头顶白布帽，腰扎草绳，脚上穿白布裱的鞋。问题是，现在我脚上是名牌皮鞋，这一针一线缝过去，我可舍不得。

大娘半张着嘴，还在那里等回话。我说："就不用麻烦了，家里有白球鞋，我明天穿来。""那可不行，赊牢（告庙）时孝子出村，怎么能不裱鞋呢？要被人笑话的。麻烦他们是应该的，不要紧，孩子。"原来后院里专门有几个负责裱鞋的村里女人在忙着。

在村里一家丧事百家帮，男人负责招待宾客、火化修坟、起灵发丧等等外部事物，女人则负责针线、饭水等内部事物。这是一个庞大的组织，分工是很明确的。有首领，有财务，有具体负责各道工序的小组，每组都有负责人。所以结婚和丧葬又被叫作"公事儿"，称"红白公事儿"。一个村里娃长到十六岁，就要参加帮忙，这也是成人的一种标志。在这种公共组织里的角色，直接决定了你在村里的地位。

我这时犯了难。关键时刻，花姐家的老二出来解围了。他是外甥，只能戴个白帽子。按照风俗，只需在起灵的时候来哭喊上几声就可以了。可毕竟是亲外公，又是在这里待惯的，所以他早就来了，现在混在一片白花花的孝子堆里有些扎眼。他平时和老人撒娇惯了，现在摇着老人的腿，说："后院马老三他爹死的时候，他家强子赶回来赊牢，不也没裱？误不了发丧就行呗。"老人见既已有了先例，也就不言语了。

这时门外大掌柜喊一声"赊牢了！"人们都忙碌起来。就看见人一队一队地走。有抬香案的，有搬椅子的，有提水桶的，还有的手里拿着各式各样的家什。大掌柜风风火火推开门，用手挽了大孝子，其余的人都相跟着鱼贯而出。经过门口，每人从墙角拾一根哭丧棒。我夹杂在队伍里，迷迷糊糊地跟着走。走出院子，顺着村街向前去。街两旁屋台上已经黑压压站满了人。相比白天寂静的村街，这些人仿佛是从地底下冒出来的。他们虽然来看热闹，但这时却不发一声，只听见孝衣走动时窸窸窣窣的声音，恍如鬼魅。

我跟在小哥的后面，机械地走在这暗夜里。有一阵子，我的心神全都混沌一片，不知道走向何方。忽然感觉如风般轻盈，我发现自己飞起来，像一只鸟，飞越村头最高的白杨树。月亮正从东方升起，像脸盆一样。如水的柔光泻下来，笼罩这古老的小村。野地里起风了，吹动树枝唰唰地响。我从空中看下来，这一队白衣人，像远古时期的部落，在酋长的带领下，从聚族而居的村落出发，走向旷野。在他们的前方，已经堆起一垛柴草。“酋长”站住，这白蛇般的长阵于是也停下，然后跪倒一片。有人把那堆柴草点燃，孝子们匍匐在地上，火光映红了每个人的脸。

椅子搬过来，领头的大孝子被领上前去，向那空空的椅子磕头，口中念念有词：“……晚起身，早下店，旱路行车，水路行船……”一个老者走到火堆前，展开白纸朗声念道：“山东省东营市北岭镇不肖男王宝强因父病故，为报养育之恩，敬备金银一包，只许本人使用，不许强神恶鬼争夺，叩恳土地老爷严谨执行。哀——”

“哀”字一响，就传来山呼海啸般的哭声。有人把成卷的烧纸扔进火里，火势大盛。就在这哭声里，人们忙成一片。有专人提着浆桶，边跑边洒着饺子汤，并且喊着“东门”“南门”，把这些人围在城中，表示这是亡灵居住的鬼城。又有人撤去椅子，大掌柜扶起大孝子，于是这白蛇般的长阵又向村子返回。一路上哭声相伴，声震四野，吓得夜鸟展翅惊飞。

小院前的路上，也已经燃起一堆火来。女眷们不出村，此刻早已在火堆前哭成一片。于是迎接了“出征”的男孝子们，又痛哭了一回，一同回到小屋来。

人们渐渐散去，管事的聚在顺生婶家，开始研究重大事项的安排。大孝子也被叫过去了，主要是就铺底资金的问题征询丧主的意见。月儿朗照起来，我觉得自己还在天空飘荡。夜风冷得刺骨，远处邻村里传来唢呐声，那是趁着农闲结婚的人家。头一天晚上请了宾客，雇了吹手，叫作“响门”。今夜走遍大地，不知有多少村庄的农家小院在忙着响门或赊牢。又有多少人家，锁上自己的家门，去帮忙或被人帮忙。看来大娘是对的：人生无大事，唯有生死，结婚是为了生，发丧是因为死。

在这片广袤大地上，生命是如此珍贵，那些在大地上存活过的生灵，就因为有了这些仪式而被他们的同类长久地记住。

第三天是发丧的日子。一大早，人们就都聚到村南来。灵棚已经在当院扎起来。上方纸糊着四个大字——“哀动桑梓”。两旁的对联是“痛恨百草无亲泪，终天唯有严父灵”。中间的桌子上摆着香炉和四碗祭菜。桌前是供人跪拜的蒲团。桌子正中的神龛上，大爷的相片经过翻新放大，正神采奕奕地微笑着，上面用毛笔竖行写着“王公德庆享年七十三岁”。这一句话写尽了大爷的一生。漆黑的棺材就静静地躺在后面，我知道，里面空空荡荡，只放着巴掌大的一个骨灰盒。地上散乱铺着麦草，孝子们分列两厢。院子里帮忙的人们往来穿梭。顺生婶家外墙上已经贴了“柜屋”的红纸，他们从这里领了活，去各家各户借了桌椅板凳，把招待宾客的席面一桌一桌布置下去。街上站满了来看热闹的老人和孩子，由此也引来了卖糖果玩具的小商贩。太阳已经升得老高，宾客们开始从四里八乡赶来，车辆按动着喇叭，小贩们大声招徕着客人，孩子们在人群里挤来挤去，喧嚣声此起彼伏，熙熙攘攘，像赶集一样。

我一早从城里赶来。灵棚里，我正跟本家兄弟们唠着闲篇。我们有一句没一句地聊着，心里在暗暗着急，因为父亲到现在还没有来。

父亲昨夜回家去了。他要去率领三个姑姑三个姑父以及一大帮外甥外甥女，甚至还有再下一辈的孩子，率领他们一同来参加葬礼。作为家族里那一支的首领，他认为有必要亲自回去。爷爷已经八十八岁，就不惊动他了，年岁大了容易累着。再说，他来了又往哪里摆？

爷爷是乡村里的异类。他从小念过私塾，长大了又赶上兵荒马乱。他的学问没有给他带来有益于生活的任何好处，倒是这蛮荒之地的吃食拯救了他。他从年轻时离开北岭，来到大荒原上“趴洼”，在这里生儿育女，度过了大半辈子，也即将终老于此。生活带给他的经验就是蛰伏，像荒原上的茅草一样，卑微地贴着大地，只有这样才是最安全的。任何的风吹过来，他都要把头深深地低下去，隐藏起自己。我相信，如果他能变出爪子，他其实更愿意成为地鼠，直接钻到地下去。

爷爷与父亲的矛盾其实并不仅仅在于那上学时没有拿出的八块钱学费。爷爷其实是很有机会发达的。比如解放的时候，全县找不出几个小学毕业生。他被通知去县委机关工作，可是待了一周，他就偷偷溜回来了。他告诉老婆孩子，大灶上的馏锅水太难喝。后来，公社里成立供销社，任命他做负责人，只是因为他能记下账来。供销社里啥都有，在那个物资贫乏的年代，这可是个肥差。他坚持了一个月，说是舍不开老婆孩子，正式递交了辞呈，从此他得以安闲度过余生。可是在全家挨饿的时候，在大队书记把儿子送去参军的时候，作为父亲，是否对爷爷的这个选择有一种出自本能的怨气？我想是肯定的。

他吝啬、卑微，可是在这个偏远的小村，他却是活得最通透的一个。这首先表现在他不太顾及往来的礼数。碰上喜欢的人，他聊得欢畅起来，可以忘了辈分宗族的隔阂；碰上宅基农事之类的纠纷，更是一味地随和谦让。

邻居盖房，占了我家的地堑，甚至连滴水檐也不给我们留。父亲和他理论，对方谩骂推搡，双方大打出手。爷爷和邻居的父亲当年亲手栽的界树还在枝繁叶茂地生长，请出爷爷来证明，他老人家倒是和气，只说："怎么着都行啊，这多一尺少一尺的。"

于是满村里人都笑他迂。在农村，这被认为是软弱与窝囊。

人们不是不知道"六尺巷"的典故，可是，宽仁要建立在自己强大的基础上，也就是说，那是强者的哲学。要是弱者，就只能选择强硬地面对生活。我们这里还有另外一句老话："打得一拳开，免得百拳来。"

邻村小姑家的青松结婚，提前去叫他，他说自己老了不去了。于是父亲作为舅父大人端坐在堂屋里主持大局。结婚典礼正进行得热火朝天，看热闹的阿庆嫂一眼认出，从密密麻麻的人群外往里挤着看的老头儿正是爷爷。看完热闹，他就心满意足地要走。这时候，小姑、小姑夫已随着阿庆嫂从堂屋跑出来，扯住爷爷的衣袖。孩子结婚，亲姥爷来了怎么也得喝一杯喜酒啊。爷爷说："不了不了，你们快忙去吧，忙去吧。我看着挺好，这就放心了，我回啊。"

到底没留住，气得父亲直抱怨："这不知道的，还以为咱怠慢老人呢。"

前几年，村里已经解决了温饱，农忙时收麦子，村里人开始用拖拉机往场院里运。麦子装上车，也不再捆个子，只是随便拿绳子一拢，开了就走，家家户户如此，村里的路上，遗弃的麦穗就厚厚铺了一层。爷爷说："刚吃几天饱饭啊。"他悲愤地要去截住车辆，转念一想，回家拿了麻袋，欣喜地拾起麦穗来。父亲大为恼火，觉得自己的老父亲给他丢人了。走在路上，都觉着人们在戳他的脊梁骨，骂他不给老人饭吃。

爷爷是个古怪的老头，至少在村里人们这样认为。他虽然一辈子胆小怕事，却毕竟念过私塾。姐姐刚工作的时候，给他买了一个"宝石花"牌的收音机。只有烟盒大，爷爷爱不释手。他每天收听广播，九点钟准时来到院子里，随着音乐做广播体操。节目里介绍了最新的养生方法，他也积极采用。

我回家的时候打喷嚏，爷爷神秘地说："其实有一个方法非常灵验。你睡前坐在被窝里，光着上身，拿手把全身皮肤搓一遍。"我点头称是，内心不以为然。那天躺下的时候忽然想起，试了一遍，效果还真是不错。事后我想，这大概暗合了"促进微循环"的理论。爷爷还经常跑步，在村头的田埂上，他弓着腰，跑到西跑到东，成为乡民眼里的一景。当然，这些，都伤害到父亲的尊严。

伤害父亲尊严的事情不止这些。有一次，南河湾七爷爷家二姑的小儿子来看爷爷，还给他买来许多城里的东西。当然，这些人情，都是父亲先行付出的。可是爷爷想不到这些，他带着"无功受禄"的惊喜，极力夸赞着小伙子，包括他的父母和外公。小伙子谦逊着，例行公事说是家里老人嘱咐下的。他想到这个叔辈兄弟那浓浓的亲情，人到古稀还念念不忘，不禁感动于中而发之于外。除了流下滚烫的眼泪，还从此见人就要诉说一番。为了对比强烈，总要加上一句：“我亲儿还从没给我买过呢！”

父亲真是没有给他买过这些好东西。在我们那里，好东西都是买来送人的，自己用断断舍不得。自己舍不得，自己的媳妇、孩子、家里人也舍不得。全家人一年到头吃咸菜，到过年来客人才能炒几个荤菜上桌。我这时候就去堂屋里转悠，父母就往外轰我：“去，外边玩儿去！”有长眼色的客人，就抓过我来往嘴里塞一筷子菜，父亲还在旁边说：“小孩子家，别惯他！”

对于爷爷的控诉，父亲十分委屈。他是把名声看得比命都重的人，为此两天没有去爷爷房里问安，而且愤然停了爷爷两天的水。当然，前一天早上，他早已把水缸挑满了。爷爷自己挑不动了，他就把水桶放到小车上去推。当他推车穿过村子，逢人就说：“我儿不养我了，他不养爹呀。”他既不知道事情的起因在哪里，又简单地想用舆论压制父亲，结果适得其反。父亲怒不可遏而又无可奈何，只能气得浑身哆嗦，像一头被困的狮子在屋子里来回走动。

这件事的结局，是父亲气得病倒在炕上。

我收回心思。对面几个嫂子还在那里嘁嘁喳喳低声说笑着。三姐和大姐一前一后回到灵棚来，她们刚去招呼了婆家来的宾客，现在坐下来，定一定神，马上又哀哀地哭起来：“爹呀！我的爹呀啊啊啊……”尾音细细地拖下去，把人心里搅得酸酸的。

对哭丧这事，当地有顺口溜：

儿子们哭起来是惊天动地，
闺女们哭起来是真心实意，
媳妇们哭起来是虚声冷气，
女婿们哭起来是驴驹子放屁。

女婿们就是起灵前一嗓子，声如驴叫，这倒挺形象的。

这时父亲的电话打过来，说雇了一辆面包车，刚买了花圈离开我们镇上。

过了一会儿，口气里透着无奈，父亲低声问我：“你爷到了吗？”

什么？！

原来，今天早晨爷爷失踪了。大家估摸着是老人昨天听说了大爷的死讯，自己赶往这里来了。我急出了一身汗，又不敢声张。摸出手机，打算安排车去找一下，又立刻想到来这里的土路有好几条，谁知道爷爷脑子里几十年前的老路在哪里，可能早就湮灭无迹了。

后来爷爷告诉我，他是怎样在前一天听到人们的闲聊，怎样夜里想起这儿时的故乡。他跟着大哥，也就是死者的父亲，去套兔子和拾柴火。那些无忧无虑的少年时光，他经常向小时候的我讲起。月光照进屋里，没有钟表，也不知道时间。

一个大胆的想法在老人心里涌起。

“不带上我，我就自己去。”老人对着空荡荡的屋子说。随即又狡黠地想：“如果他们追上我，那就可以拉我一段。反正是不能送我回来了。”

于是，这八十八岁的老人穿好衣服，借着月光锁上门，迈开双腿，像五十年前一样，向着四十里外的北岭出发了。

起风了，冬天的灵棚里冷得厉害。我跪在麦草上，设想着风烛残年的爷爷和那不测的长途。我跪在麦草上，想起爷爷总是慈祥地笑，想起八十八岁的爷爷走在暗夜里，想起这个八十八岁的老人佝偻着腰，走在漫漫的长路上，过往的车辆把灰尘卷起，沾满他的衣服。他汗流浃背，步履蹒跚。他是去给侄子奔丧的，这是小他十多岁的亲侄子。现在人世上也只有他见证了亡者完整的一生。从咿呀学语喊他“小叔”，到扯着他的衣襟满街玩耍。这个生命已经灰飞烟灭了，为此奔忙的人们，又有几个人能像他一般撕心裂肺地痛苦？老人还不知奔走在哪一段路上，灵棚里的我豆大的泪水早已流了出来。啪嗒、啪嗒，一颗一颗摔落在麦草上。小哥看见了，以为是大姐哭丧的调子勾起了我的辛酸，就和小嫂过去扶起大姐，劝慰起来。

临近中午的时候，父亲的车辆终于来到了。爷爷被直接搀入了上房。他是在距村子二里多地的路口被追上的。老人很聪明，知道沿着新修的公路走。面包车一路上慢慢驶来，沿途寻找，生怕拉下了老人，殊不知爷爷早已走在前头。司机惊讶地直说：“脚力不慢，脚力不慢。”

这时候，众孝子们已经拜完了正祭客，请过了大宾席。每次去拜的时候，都是唢呐先吹起来，主事者手持纸幡，扶起大孝子，拖长音喊一声：“起，孝子出入！”孝子们于是都跟随着起来，拿了哭丧棒，沿街走向设下大宾席的小院。两旁看热闹的老幼，都靠在墙根屋角，注视着这一队白衣长龙，叽叽喳喳指点着。我木然随了他们走，有一瞬间，我忽然很愤怒，心中有什么东西燃烧起来，胸口仿佛要爆裂一般。然而，也许仅仅是一瞬，就又颓唐地吐出一口气，耷拉下脑袋继续随着他们走，随着他们跪倒、磕头，在主事者的口令声里，又站起来，又继续走。一趟，两趟……六位大宾，要去六趟。

时间挨到下午，两点起灵。这时候人们已经酒足饭饱，无论是看热闹的、帮忙的还是宾客，都可以气定神闲地看一场演出。

于是，纸糊的神龛点起来，哭声响起来，棺材抬起来，挎苑子的，抬桌子的，拆灵棚的，随着各路“草莽领袖”的指挥，人们像蚁窝里的蚂蚁一般杂乱而又有序地忙活起来。我很悲痛，可是不发一声。我的眼中无泪，只是冷冷地看着眼前的一切，随着他们机械地走。出了门，出了村，到坟头上，又是一系列烦琐的仪式，又是痛哭。哭声是很容易传染的，女人们尤其如此。人们只是为哭而哭。越到后来，越哭成此起彼伏的竞赛。感谢生活中安排了这样冠冕堂皇的机会可以放声大哭，人们仿佛要把所有曾经经历的苦难都倾泻在这里。终于，正在闹离婚的小姐姐哭晕了过去。

我始终不发一言。无论是谁微笑着招呼、亲切地拉手、热情地道别、殷切地挽留，我始终不发一言。我把爷爷搀上面包车，自己钻进车子回城里去。车子飞驰起来，两旁掠过无数的村子，城里的高楼在地平线上渐渐显现。我随手拿过司机旁边的报纸，是当天的晚报，副刊上有一首小诗，我不禁念出声来：

可这毕竟是难舍的故土
所以我只好一次次返回
一次次返回
然后逃离
……

年谱

1921年3月11日，爷爷出生于黄河入海口大坝底下一个名叫临河的小村庄。

90年后，此处已繁衍千户，人口万余。出产一种甜瓜，名“临河蜜”，为当地特产。爷爷归来，旧迹已踪影全无。

1927年，爷爷时年6岁。他的父亲夜读报纸，闷坐房中两日，毅然散了家里的学馆，投笔从戎，奔赴济南，从此杳无音信。至今流传下来的唯有一册《陆游诗选》，繁体竖排。我能认出来的，是一行字——“铁马冰河入梦来”。

1933年，爷爷12岁。他正在门前的苇子湾里玩耍。噩耗传来：他的爷爷被土匪绑了票。等到人赎回来，已经筋脉皆断，不久就去世了。

从此，爷爷跟着老奶奶搬回娘家住，孤儿寡母相依为命。那些田产、骡马、双轱辘大车、两人高的水磨，全都消失了。至今记住的，唯有门前的苇子湾。清清的湾水，碧绿的苇子。

1938年，爷爷结婚，从此住在了丈人庄上。5个月后，搬到薄村，赁屋而居。

1939 年，搬到北岭，添了女儿“秀”。

1940 年，搬到和平，添了儿子“深”。

1942 年，深 2 岁，死在冬天。

1943 年，秀 4 岁，死在三月里。

说起这些，时隔 60 多年，爷爷眼角还有泪花。爷爷说：“这都怪我，怪我把名字起错了。现在想想，这‘袖’和‘身’，合起来是件衣服啊，所以留不住。要不，那些兵荒马乱的年月，挨饿受冻的多了，咋也有孩子长大了？”

1944 年，爷爷 23 岁，已经搬到我们村 4 年。其间，躲日本鬼子 1 次，躲伪军 4 次，躲土匪无数次。爷爷把他们合称“老缺”。爷爷躲“老缺”的方法就是跑。跑出村子，跑进青纱帐。“老缺”一来就要跑，两手空空的啥都撇下。爷爷最爱藏的地方叫“顺道地”。这一次又过队伍，爷爷正在和泥抹墙，挓挲（伸开）着两只泥手正要跑，见是共产党的渤海支队，就又退回来，顺便把骑马的杨国夫司令员领进来借宿。

吃过晚饭，见人都到院子里来集合，爷爷就问勤务兵：“要打仗？”小伙子笑眯眯地点头。爷爷回身抓件衣服就跑了。这一晚上在顺道地，就看见西南方向枪声大作、火光冲天。早晨回来，勤务兵正在喂马，看见爷爷，笑着说：“老乡藏了一夜，辛苦了。”爷爷忙说：“你们辛苦，你们辛苦。”

那一夜，盐窝的炮楼被攻占，利津解放。

1949 年，爷爷 28 岁，中华人民共和国成立。利津土改，分田到户。同年，我的父亲出生了。爷爷给他取名“春来”。他高兴地逢人就说：“我娃有福气，我娃再也饿不着了。”

1961年，爷爷40岁。他年富力强，在生产队里是整劳力。他还心灵手巧，业余管理着队里的小菜园。一儿三女，人丁兴旺。我的父亲已经12岁了，正在念小学四年级。他学习好，门门功课考第一。放学以后就去拾草剜菜，地里的活计样样拿得起。

这一年夏天，父亲以第一名的成绩考入县城中学，学费需要8块钱。爷爷不给，爷爷没钱。爷爷说：“念那些书干啥？识字就行了。你下来不几年就是一个整劳力。再碰上这样的灾年，咱家的工分多了，粮食能多分一些。”父亲趴在炕上哭了一天，从此告别学校。

1966年，爷爷45岁。同村的大旦是惠民师范的中专生，于这一年被遣返回村。据说惠民师范是资本主义路线上结的“黑瓜”，学校由此被砍掉。爷爷“上学无用”的远见被同村人钦佩。

前一年，年仅16岁的父亲被村里人推举为生产队长。从此，他活学活用毛主席思想，在农村这广阔的天地里开荒地，修水利，育良种，战天斗地，大有作为。

当然，粮食还是不够吃。冬天农闲，队长也得和其他人一起，去黄河口割苇子，去南大门（寿光）换地瓜干。推着独轮车，夜走百十里。那些辛苦，成了今日的笑谈。

1979年，爷爷58岁。父亲30岁，我出生了。同年，村里联产承包，分田单干，当年粮食就够吃了。到第三年，粮囤里实在放不下了。父亲留够三年的口粮，把其余的拉出去卖掉。爷爷死死拦住拉粮的牛车，朝我们吼："哪有卖粮食的？天又变回来咋办？"时年，爷爷60周岁，正好一个甲子。

那是1981年。父亲卖粮回来，买回一台收音机，全村震动。我是伴着收音机长大的。我说的第一句话是："嗒滴嗒"。"嗒滴嗒、嗒滴嗒、嗒滴嗒，小喇叭开始广播啦。"

1988年，爷爷67岁，村里通电，从此告别煤油灯。

1992年，爷爷71岁，我家买了电视。爷爷说是"在屋里看电影"。

1996年，爷爷75岁。村里装了闭路。我家换彩电。

1998年，爷爷77岁，我家安了电话。

1999年，爷爷78岁，村里通柏油马路。人们纷纷卖了牛车，买拖拉机。

2000年，爷爷79岁。村里安了自来水，吃水再也不用去水库挑了。

爷爷80岁，活到了新世纪。父亲也老了。我长大了。我一直念到大学。爷爷再也不说"上学无用"。现在轮到父亲说了。因为，国家开始不包分配了。

我不这样想，出路多得很。我端过盘子，开过话吧，下过车间，代理过化妆品。在这期间，我收获了一群生死朋友，也收获了爱情。我们携手共进，相濡以沫。我们是这个城市里真正的主人。

2003 年，爷爷 82 岁。我 24 岁。我找到了自己的事业，决心结束漂泊的生活。我按揭买房，举行婚礼，正式安家。

2009 年，爷爷 88 岁。我 30 岁。我的事业走上正轨。我换了大房子，买了汽车。同年，我的女儿也出生了。

2012 年，爷爷虚岁 92 了。我开着新汽车，带爷爷到他的出生地去看一看，又把爷爷接到我的新房子里来。爷爷抚摸着明亮的厨房和干净的洗手间，连声说："真是做梦也不敢想啊。"

2015 年冬，爷爷去世，享年 94 岁。

爷爷语录："前三十年，兵荒马乱；中三十年，国泰民安；后三十年，国富民强。"

第二章 开荒纪事

他开的荒有长有圆，因势赋形，具有写意的美。只是我在牵着牛犁地的时候，回头拐弯很不方便，免不了抱怨几句。

冰雹和西瓜

如今胖叔也老了，高挺的腰背开始弯曲，不过脸上还是那样随和的笑容。那年下冰雹，我从小沟南赤着脚跑回来，头上顶着脸盆，鞋都跑掉了。路上的冰雹颗颗都有鸡蛋大小。隔着一条小路，我就回不到自己家里去了。胖叔家是村北第一口屋，胖婶从夹道里一把把我拽进屋，三两下扒了湿衣服，围在炕上的被子里，给我沏一碗加了红糖的姜水发汗。等到父母把惊了的牛赶进圈里，满村里哭喊着找我的时候，我早已经缓过来了，牙也不打战了。

胖婶家的新被子被我浸湿了一大片，抹上了一块一块的黄泥，胖婶只是催着我回家，啥也不说。

还有一次，冰雹下得更大，那时候我才上小学一年级。那是改革开放不久，村里人已经能吃饱饭了。父亲以前在公社里的良种场待过一段时间，他决定要开辟出一块地，专门种西瓜来发财致富。他兴致勃勃地育苗、移栽，按照书上的方法管理，定期施肥喷药。俗话说："一亩园十亩田。"他在这片西瓜地上费的功夫比那些大片庄稼地要多得多。父亲暗暗憋着一口气，他要做村里第一个万元户。他要让人们知道，想致富光指着庄稼是不行的，还是要靠经济作物。他知道村里有好多人都等着看他的笑话呢。

毕竟，这是全村第一个瓜园。

到夏天，西瓜蔓子爬出来，父亲就在瓜园旁边搭起窝棚。那种木头垒成的窝棚，父亲也力求搭得精致结实。他就是这种认真的人。正是这种认真救了母亲的命。

七月里，瓜成熟了，出现了销路问题。没有人知道这里有一个瓜园。父亲就在自行车架上挂两个挎篓，每天带着新摘的西瓜去东方红卖。东方红是胜利油田的家属小区，后来发展成了一个城镇。

母亲留在瓜园里打理，中午放了学，我手里抓着个干馒头去找母亲。过了桥，碰到姐姐。她让我跟她先回家。我那天听话得奇怪，一点儿也不“要麻”了，乖乖跟姐姐回来。一进家门，西天边泛起浓云，那云浓得像墨汁，镶着亮黄色的金边儿，潮水一般涌上来。风起了，直接就是冷风。那风直直地吹，颇为凛冽。我们赶忙关窗闭户，云已经压上来，屋里黑得像夜里。不一会儿，一个炸雷，映得窗纸雪白。紧接着，天像黑锅底裂了缝，映出炭火的光，东一道西一道，曲里拐弯，都是闪电。那雷声像煮着一锅咕嘟咕嘟的汤，噼里咔嚓地响。雨下起来，豆大的雨点子啪啪地砸着地面，不过很稀疏。地面上被砸起一个一个的土坑，有一些土飘起来。不过几秒钟，雨点子没有了，开始下冰雹。那些冰雹小的像花生，大的像鸡蛋，还有茶杯口那么大的，噼里啪啦，眼看着树枝、树叶子被砸下来，前屋顶上的旧瓦片被砸下来，草垛顶子被砸下来。风也更狂了，屋顶的草被吹起来，大树被卷起来，拔起来。空中断瓦乱飞，窗纸一明一暗。我和姐姐蜷缩在炕角，互相搂着哭泣，把头埋进胳膊里不敢看。

终于，风停了，雨住了，仿佛地狱走到了尽头，世界又获得了新生。我们走出家门，看见满村都是断壁残垣，一片惨象：被拔起扔在路上的大树，被推倒的土墙，被掀翻的鸡窝，被砸得头破血流的人们……我们一路往西，一直找到在村西头孤零零住着的张大爷家里，在他家的火炕上，找到了我们的母亲。她被冰雹打得遍体鳞伤，是从瓜园爬到这里来的。

母亲中午就觉得天热得反常，她让姐姐先回家，自己不舍得浪费了背上那没喷完的半桶农药。在风起来的时候，母亲就躲到窝棚里去了，可是后来窝棚被吹倒了，母亲又滑到地头上的水沟子里去。那沟里水已经齐腰深了，沟畔上紫穗槐（一种灌木）树条子都被打得稀烂，幸亏窝棚歪过来，正好挡在头顶上。那么大的风，窝棚竟然没有散架，真是老天护佑。

沟里的冰水浸泡着母亲的下身，泡久了，把她的腿脚都泡麻了。等雨停下，母亲已经站不起来了。她手脚并用爬向远方的村庄，回身看一眼昔日葳蕤的瓜园，如今满地狼藉，鲜红的瓜瓤遍布园地，如同遍地血污。

我们接母亲回家来，看到人们急急地往村西走——郭家的小红被大风吹起来，吹过了两条街的屋顶，吹到了沟边的大杨树杈子上。

消失的大树林

父亲从此安心种庄稼，再不做另外打算。不是不想，是没有本钱。我辞职创业的时候，父亲曾经语重心长地劝我，其中有一句话是他的经验总结：“我们庄户人家，担挣不担赔啊。”

后来，父亲把主要精力都花在开荒上。他认为力气是自己的，不值钱。开荒他有经验，早在生产队时期，他利用队长的身份，号召社员在秋后农闲的时候向荒地要粮，我们村现有耕地的一大半都是那时候他们开垦出来的。现在单干了，时间更自由。他在农活之余，就扛一把铁锨，满草甸子转悠。见到长势茂密的荒草坡，他就一铁锨深深铲下去，看一看草根和土质，决定这里适合种点啥。他知道很多土质的名称，什么“火舌地”啦，什么“红胶泥”啦，什么“沙土窝子”啦。什么样的土壤适合长什么样的庄稼，他心中有数。

他开的荒有长有圆，因势赋形，具有写意的美。只是我在牵着牛犁地的时候，回头拐弯很不方便，免不了抱怨几句。

后来，那些草甸子的土壤越种越熟，逐渐连成片，最后跟田野融为一体。到五年头上重新分地的时候，就理所当然被村里收归公有，然后重新分配了。每到这时候，母亲总要抱怨连连。她知道拗不过政策，她只是不甘心父亲开荒付出的汗水。父亲却悠然自得，有时候甚至哼着小曲，是一副完全不放在心上的样子。在他，可能觉得把田地从荒野中抢救出来，本身就是一件高兴的事儿。有时候他甚至劝母亲说："我们不是白种好几年嘛！"他觉得一切土地都是国家的，他已经捡了大便宜。

"屁，他们咋不去费这功夫？"母亲不吃这一套。

当然，遇到一些凹凸不平的地块，父亲需要费劲把高岗铲平，用小推车把土运到低洼处，垫高，找平，为了能让水顺利浇灌满整个地块，有时候还需要在周围筑起一圈高高的土堰。这些劳动需要付出额外的心血和汗水，有时候一弄就是好几个月。在农闲的时候，别人开始猫冬，或者去做个小买卖，父亲就推上小推车，向荒野进发，就像出门去做一个副业。他要一直做到大地封冻，铁锨抡下去只会在地面上砸出一个白点，那时他只能罢手，把荒野让位给来自西伯利亚的风。

父亲曾给我讲过一个故事，里面有关于羊吃麦苗的诉讼，其中一方说："寒冬腊月天，地冻似钢砖，刀子都刻不动，羊嘴咋那么尖？"我每想到这几句话，眼前就会浮现父亲那布满老茧的双手，上面的冻疮皲裂成一道一道横七竖八的伤口。孩子曾指着元阳梯田的照片，看到整个山岭都被开凿成一片片梯田，直呼现实中不可能。我认真地告诉他，这是真的。你眼前老迈的爷爷，就曾做过这样的事情。他的腰痛病和老寒腿，都是那时候留下的印记。

这样费大力气整治的田地，刚刚弄好，就被收回去了，父亲也会好几天闷闷不乐，就仿佛辛辛苦苦养大一个孩子，一转手那孩子就被送了人。

我们这里水浇地是珍贵的，可以种麦子，种玉米，靠近沟沿的还可以种瓜果蔬菜。退海之地大多盐碱，唯有大水漫灌可以压碱。那些浇不上淡水的地方，只能种点儿棉花之类的。下种之前，每个坑里浇上一舀子水，刚够把那个锄头刨出的窄窄的土坑润湿，种子就靠着这点子湿润生根发芽，能长多高，全靠着老天降下的雨水。我们小时候，每年春天学校里都会组织去野地里植树，绿油油的小树苗，前边栽，后边拔，拔出来移植到自家天井里去，就能长成一棵有用的大树。那些仍旧站在野地里的，在漫天的风沙里，慢慢就干成了树棍子，被放羊的老汉拿去赶羊了。

后来，政府开始推行“万亩方”工程，把那些连片的荒地划方割片，沿沟带路，下边挖沟，上边修渠，旱能浇、涝能排。父亲欣喜地好几夜睡不着觉，有一天竟然鼓动正读初二的我逃学去参加农田水利大会战：“你不是喜欢写东西吗？你去看看那个劳动场面，肯定能写出好东西来。”

我当时沉迷的是风花雪月，对这个建议嗤之以鼻，觉得父亲简直疯掉了。当我长大以后，读到《创业史》和《金光大道》，以及后来的《平凡的世界》，我才由衷地感受到父亲当时的良苦用心。

对土地的热情持久地激发着那一辈人。他们的目光终于瞄准了村西那片大树林子，就是我采蘑菇的地方。那一段时间家家磨刀霍霍，不知道经过了怎样的程序，树林被村里人分光了。我们承包了西北角五十多亩林地。那一天早晨，父亲兴冲冲套上牛车，带上水和干粮，拉着我们向大树林子进发。

一出村子，远远地就感受到那里吹过来的清凉的风。那一大片树林就像一大片云彩停滞在天边不动。牛车走到近前，忽然间有彩色的鸟从野草间扑棱棱飞起来，飞到前面的高树上去了。经过两棵极高的大树，就像走进一个天然的大门，后面的树就密密匝匝，阳光也稀疏了。我们循着林子里的黄泥小路，下沟上坡，曲曲弯弯来到我们家的地前。看着已经属于我们的偌大一片树林，全家人都兴奋地涨红了脸。

那个夏天是在伐木声中度过的。一搂粗的爷爷树，碗口粗的爸爸树，手指头粗的娃娃树，都被我们统统放倒。还要“断子绝孙”，把树根也挖出来，这样才能把地整平，深翻，浇水，种成庄稼。那些小花小草和藤蔓、野兔子、各种颜色的鸟，就像我们的邻居。它们会在周围的树上、草丛里和地洞里，默默地看着我们，看着这块新开辟出来的耕地。盛夏时节，暴烈的阳光开始泼下来，这片黄瘦的玉米地就像树林头上的一块秃疤。

第二年，所有的林地都被整平了，那些大树忽然间消失，让我们都有一种恍惚之感。目光在这里不再有任何阻挡，可以直接掠过去，奔向更遥远的村子。风吹到这里，往往打一个旋子，好像在寻找什么。

“风还在找那片树林吗？”我问姐姐。

“它在找。”姐姐告诉我。姐姐是中专生，她的话不容置疑。

“那爷爷说这里是退海之地，风会不会还在找一百年前的大海？风会不会觉得我们是站在海里？”

这次姐姐没有回答。

过了一会，她摸着我的头说：“你要去上高中，考大学。你能考上的。”

那五十亩林地供我读完高中和大学。

后来，它就不怎么长庄稼了。土壤沙化，抓一把全是松散的土屑。春天的风大，吹得人满头满脸。

离村进城

父亲终于搬到城里来了。

父亲是很不情愿搬来的。母亲给姐姐看孩子的时候，需要城里乡下两头跑。周一到周五在城里照顾孩子，周末回家照顾他。他们两个都觉得这很正常，城里是女儿的家，乡下才是自己的家，照顾孩子是帮忙。

有时候姐姐说，这就是你们的家。

“胡说，”他们在这件事上口吻一致，“我们还有儿子呢。”

后来母亲来给我看孩子，她年岁大了，心里也活络了，有时候开玩笑：“我不走了。城里多好啊，冬天有暖气。”玩笑归玩笑，母亲还是城里乡下两头跑。

转机是在某一天，姐姐又“例行公事”动员父亲搬到城里来，这次他没有再把头摇成拨浪鼓，而是迟疑地说：“要不给我在城里找个活干干？”

我一直怀疑这转变有某种原因，但是问了父亲多遍，他都矢口否认。好多年以后，我回家跟后邻胖婶闲聊，她说：“那年差点被你爸吓死……”

那年，母亲去城里看孩子了，父亲自己去棉田里打药。他在大湾里灌上水，把喷雾器背到身上，骑上车子去地里。地头的羊肠小路曲里拐弯，布满了横七竖八的车辙，父亲的自行车颠簸着，他背上是几十斤重的药水，前车轮一下子轧到一块土坷垃，翘起来翻了，父亲被重重地掀翻到路旁的沟里去。那沟渠是干的，平时长满了紫穗槐条子。那个时候，枝条都被削去编篓子了，只留下尖尖的树茬子，两三寸高，从地里露出来，像铺在沟底的一排利箭。父亲四仰八叉倒下去，幸亏背着喷雾器，要不然肯定被穿个“透心凉”。父亲也许是在那一刻才意识到，他都60多岁了，已经不是个年轻的壮劳力了。

是啊，燕子爹就经常说：“上班的到60岁退休，农民什么时候退休呢？”

不过姐姐当时来不及想这些，她大喜过望，立刻向姐夫下达了死命令。不久，姐夫找到了一个看大门的营生，通知父亲来面试。父亲是在中午接到电话的，他刚从地里回来，把牛拴好，还没有来得及洗一把脸。他把鞭子挂到墙上，拿锁头锁了屋门，就急匆匆离开了家。

从此，他就离开了这个他生活了60多年的小村，离开了这个他一手建造的农家院。他的后半生，就像放飞出去的风筝，虽然那根线还拴在这里，但是他已经注定漂泊，回来也是匆匆过客了。

父亲当了门卫以后，又干过环卫、绿化、广场执勤、小区物业等等十几个工作。我有时候开玩笑说："您换工作比我可勤多了。"父亲的每一项工作都做得很用心，看大门的地方是烟草公司的家属院。他的前任是听着小曲喝着茶，一张报纸手里拿，算是换了另一个地方休闲而已。他不一样，因为领导的一句例行交代"进出车辆要严格登记"而把自己累个半死。他像《列宁与卫兵》里认真执勤的小卫兵一样，手拿一个本子，一笔一画记录进出的车牌号码。

"你为什么不让他们自己填？"我看着密密麻麻的字迹哭笑不得。

"他们不听我的。"他老老实实回答。

他早出晚归，绝不允许自己迟到。我有时候工作忙，说："要不今天你晚去一会儿，送送孩子吧。"他立刻说："我要上班啊，让你娘去吧。"他把"上班"两个字咬得很重，那表情让我觉得上班这件事是有多么神圣。

可是父亲有他的短板，那就是年龄。

父亲开始的时候并不在乎这个，我陪他去面试，嘱咐他适当地撒个小谎。他正色道："撒谎就是撒谎，还分大小？"别人问他，他就实话实说。后来一次次地打击，让他逐渐意识到这个问题的严重性。他开始听从我的安排，拿一张伪造的身份证去面试。别人问他年龄，永远都是 59 岁。有一天，他认真地对我说："你去给我买一瓶染发剂吧。"又赶紧嘱咐我："要最便宜的那种。"其实他的白发根根直立，向后梳过去很有气势。父亲的相貌，宽阔的国字脸，雄伟的身躯，再配上那一头白发，毫不逊色于退下来的官员或者教授。可是父亲没有心情欣赏这些，他要尽量低调，让自己卑微起来，尽量穿破旧点的衣服，把头发弄得乱一些，使自己混杂在那一群绿化队员里不显得那么鹤立鸡群。他的目标是要“泯然众人矣”，让大家都不去关注他，免得又被揪出来，因为超龄而被客客气气地遣送回家。

他的心愿如此卑微，只不过是希望自己能多干个一年两年。他甚至跟“送他回家”的人赌咒发誓，说出了事绝不会连累单位，但是换来的只是客气的微笑。“这是规定。”他们不痛不痒地说。

父亲工作出色，获得了上上下下一致的认可。日子长了，即使大家知道了他的年龄，也不忍心去戳穿他。可是，随着“二胎”政策的放开，父亲多年的坚持在他69岁那一年走到了尽头。生二胎容易，但是看孩子难，将近70岁的母亲一个人肯定应付不了，父亲辞职来帮她带孩子仿佛是唯一的解决办法。

在所有人义正词严地劝说下，父亲告别了他的工作岗位，开始回归家庭。他向领导说明了辞职的想法，然后紧紧握着对方的手红了眼圈。他知道，他到老年才获得的“上班”机会，这次是彻底地失去了，他这辈子再也没有机会工作了。而我站在旁边，看到领导惊讶的表情，感到很难为情，觉得父亲就像个小孩子，幼稚又可笑。

照看孩子的父亲完全变成了另一个人。起先是眉眼的变化，后来连说话的腔调和走路的姿势都变了。他穿着肥大的老头衫，和小孙女手拉手，一起摇摇摆摆地走来，一张脸笑成了花。但是一转身，立刻遭到了母亲的呵斥，声音里带着明显的不耐烦。他的脸就慢慢地阴沉下去，仿佛戴上了一块透明的脸罩，目光也开始木讷和犹疑，整个人像一段老木头，呆呆的，连听力都有点儿下降了。

开荒

在这样的生活里，如果说还有一件事情能激发起父亲的兴趣，那就是开荒种地。开荒，已经从单纯的劳作变成了父亲的乐趣，甚至是唯一的。

事实上，父亲从进城开始，一直也没有停止过开荒种地这件事。他只要有空闲了，就会骑上电动车，后斗里装上铁锨和锄耙，在城郊转悠。他踏着荒草，翻过施工队的铁丝网，那些即将拆迁的空心村，那些已被规划了的水塘和沟渠，都留下了他的足迹。他在水库坡下的河道边开辟出一片小园子，把地翻了，分成四个小菜畦，种了茄子、辣椒、豆角、黄瓜，围着堤堰还点种了一圈向日葵。他在园子中间扎了一个草人，用木棍做架子，给它穿上女儿的小衣服，再扣上一顶大草帽，到夏天作物长齐了，整个小园子像一盆精致的盆景。父亲劳作其间，红黄蓝绿点缀左右，就像在修补一幅风景画。

这个地方地理位置非常好，电动车能骑到地头，因为靠近河道，浇水也不困难，只是需要用水桶提上来走几步路。后来妻子给他从网上购买了一套袖珍水泵，配着十几米的水管。那水泵本来是用作洗车的，用电驱动，插到电动车的接口上就能用。这下更方便了，浇地也实现了机械化。

我们刚开始不愿意父亲操劳，觉得费这么大工夫，也省不了几个菜钱。妻子还担心土壤和水的污染，如果吃坏了肚子更是得不偿失。但是后来看父亲是发自内心的喜欢，简直可以称得上热爱了，也就随他去。

有个学心理学的朋友还跟我说，什么是孝顺？就是随他高兴就好。

可是有一天下午，父亲忽然给我打电话，让我去一趟小园子。我说："等下了班，行吗？"父亲的回答是："现在。"

看来出事了，因为父亲这么认真的人，从来不在上班的时候打扰我。我驾车飞速赶到，看见眼前忽然变出一圈围墙。围墙把那一片空地围了起来，小园子自然也在其中。父亲站在墙外，沮丧地低着头。

我忙上前去问明情况，原来这里规划了一个什么项目，老板立刻动手，先把地方圈起来申明主权。虽然我们知道，开工还是猴年马月的事儿，里面的荒草会长好多年。这种例子实在是太多了，可是没办法，我们的菜地是保不住了。可惜了那些菜苗，刚出土，毛茸茸的一地，像刚出壳的鸡雏。

看父亲沮丧地站在那里，我心里很难受，嘴上忍不住抱怨他："不让你种不让你种，你非种！又不是咱的地，你看看，这回行了吧？"

我拉他回去，父亲这时却打开我的手，他从车子后面扯出几条化肥袋子，推开大门走到菜地边上，转回身叫我："来帮忙！傻站着干什么？这些种子就几十块钱呢！"

我就乖乖地走进去，学着父亲的样子蹲下身，把小菜苗连同二指厚的泥土一起铲起来，平铺到化肥袋子上。我跟他一人扯袋子的两个角，抬到外面，找到一块更远的地方，平整了地基，把小菜苗移栽到新的土地上。

"这也能行？"我非常惊讶。

"还不行，等给它浇上水，就活啦！"父亲眉开眼笑的，就像正在玩玩具的女儿。

这块新地方在芦苇丛深处，车子骑不到这里。跨过小河沟里垫脚的大石头，穿过没人的荒草，新园子就一下子跳到眼前了。这个地方更好，旱能浇、涝能排，围堰下边就是河道，连水泵都不用了。

我至今还很怀念那个地方，我们吃了好几年新鲜的蔬菜，孩子也去那里玩耍。在钢筋水泥的童年里，这是难得的田园景色，肯定会让孩子有一个美好的回忆。这个地方是如此隐蔽，就像世外桃源一样。城里有一些看孩子的大娘，没事儿遛弯的时候，经过这里，顺手摘上几根豆角、黄瓜，对此父亲从不在意。

"谁吃不是吃！"

父亲对产量和品种也不是很上心。我觉得他最在乎的还是干活本身。能有一个地方，在太阳底下出一身大汗，那种感觉对于习惯跑步锻炼的朋友们来说，也许更能体会。但事实上我错了，父亲更愿意躺着，或者窝在沙发里看电视。如果是阴雨天，地里的活计又都干完了，父亲就会惬意地享受一下。晚上他看起电视剧来也会熬到很晚。还有一个佐证，父亲从干物业开始，也就是我给他们买了平房小院子开始，每次下班回家来都会捎回一两件东西，有时候是捡来的废纸箱，有时候是旧报纸或者饮料瓶。他把它们堆放在院子里，积攒到一定的数量，就分门别类打成捆，装上车子运到收购站去。每次能卖个几十块钱，交给母亲攒起来。我们渐渐觉出不对来了。"这不成捡废品的了吗？"妻子率先惊叫起来。我也很懊恼，觉得父亲很丢人，但是更难受的是感到自己没本事，竟然让父亲沦落到这地步。

"不是每月都给你零花钱吗？"我吼母亲。

"不缺钱，他就是愿意。"母亲也很光火，她爱干净，嫌这些垃圾弄脏了她的小院。

确实，院子里已经像个垃圾场了，堆在角上的东西散发着霉味，让人看了心里就添堵，孩子身上长红疙瘩，母亲也怀疑与此有关。我要把这些东西清除出去。妻子和母亲都支持我，可是父亲死死抓着纸箱子的一角。"这院要是我的，东西你就别动！"父亲朝我怒吼，浑身哆嗦着。

我们僵持着，姐姐把他拉走了。我也不能再清理，气呼呼地甩手离开。

过了几天，姐姐大概做通了父亲的工作，我再去小院子吃饭，看见垃圾已经没有了。在小院子外面一个由两列围墙夹成的弃置不用的过道里，父亲用一块废采钢板搭了个顶子，把他捡来的那些宝贝堆到了里面。

父亲继续他的捡破烂生涯，独自享受几天能收入十几块钱的小确幸。我不知道父亲翻不翻垃圾箱，那天回去得早，忽然撞见母亲正在训斥父亲：“回来衣服自己洗了！”

“不许翻垃圾箱，只许捡路上的！”

“不许说孩子名，别给孩子丢人！”

父亲站在那里，母亲说一句他就点头答应一次，唯唯诺诺。

消失的菜园

小园子出事了。

我赶到的时候，看见一辆橘黄色的挖土机在河道边轰鸣，屁股后面喷出墨汁样的浓烟，巨大的铲子如同张开血盆大口的怪兽，高悬在小园子上空。父亲站在黑乎乎的铁铲前，抬头怒视着静止不动的“怪兽”，像一只蚂蚁仰望着硕大的皮鞋。

“河道清淤，他们要把泥堆到这里。”父亲转头对我说。

这时工头从河对岸跑过来，铲车司机也熄了火，爬下了巨大的驾驶室。他们客气地道歉，委婉地表达着自己的无奈，中间还伸手扶着父亲，仿佛他是一位风烛残年的老人。听完工头的诉说，我明白这是市政工程的一部分，是城管局的例行工程，是为了全县城人民饮水。一句话——必须要这么做。

“早说了这不是咱的地方，开荒就有风险。”看见父亲还固执，我没好气地数落他。

父亲不管这一套，据他说，国家有青苗法，凡是还没有成熟的庄稼，不论长在什么地里，毁坏就需要赔偿。

“这是粮食，是粮食啊！”父亲吼着。我们都愣了。我从没有见父亲生过这么大的气，也从没有听说过关于粮食的法律。在我的世界里，粮食就是商店里出售的商品，是跟冰激凌和炸鸡柳一样的吃食。

我无奈地转头看向工头，示意他自己尽力了。他眨巴着小眼睛，向父亲竖起大拇指，“老哥是明白人，老哥您真懂政策。这样吧，”他伸手入怀，掏出一沓人民币，“这是一千元的赔偿款。说实话，这一溜河道，就给您赔偿了，您可千万别说出去。”

父亲却不接那钱，他对工头说：“我也不难为你，咱们丈量清楚，该是多少就赔多少，多了我不要，少了也不行。”

工头的笑容僵在那里，他讪讪地缩回手，尴尬地用手摸一摸鼻子，告诉父亲，自己的权限只有一千元。“你要不接受，那我们也没办法。”

他们退回到河对岸去了，工头对着那边的几块小菜园咋咋呼呼，在那里指桑骂槐。父亲让我去找人。

“你那些这局那局的朋友呢？碰上事不找他们，那还处个啥？”

我很想告诉他，我们是君子之交，彼此谈诗论文，讲究个意气相投。沾了这些俗事味道就变了。我看了看满身是泥水的父亲，还是什么也没说，开车去城管局。

城管局里有我一个朋友，他不在办公室。我打他手机，问他这事是哪个部门在管。恰巧他就是主管领导，他在电话里给我解说了一下，原来这些工程他们都外包出去了。总量控制，具体到单个的案例他也不好张嘴，因为给我家开了头后面都会跟上。总之一句话，我需要自己想办法。

最后，为了朋友的情分，他跟我说了承包人名叫孟老四。

那就去找能和他说上话的人吧。我问了另一个朋友山青哥，山青哥写书法，他的弟弟水青哥人缘广，应该能说上话。山青哥领着我来到一处别墅区。我们进去，客厅里已经坐了一屋子人。他们或坐或歪躺着，抽着烟，茶水泼得到处都是。这时水青哥出来，穿着大裤衩子，我很局促，他倒是随和得很，给我倒水，走过来拍拍我的肩膀。我把事情说了，他二话没说，拿起手机就打电话，跟那个孟老四闲扯了一通，挂了电话后告诉我，行了。

我又开车回来，父亲还站在地里。这时都中午了，大太阳晒得脚底发烫。那个工头看见我回来了，赶紧又从对岸跑过来，点头哈腰地说："老板说了，按照最高标准赔付。"说完掏出钱来，是一千八百元。我看着父亲，他看看我，跟那个工头说："两千。"工头深深看了父亲一眼，说："真不行，就这么多，我也没办法。"父亲又说："两千。"

随后，父亲低下头用铁锨无聊地铲着田埂，仿佛那铁锨锋利的铁刃是一只温柔的手，在轻轻抚摸着那小菜园的皮肤。

僵持了一会，工头又退回到对岸去了。他和司机在树荫下坐下来聊天。我拽着父亲回家来。母亲已经把饭做好了，端出来，我正要吃，看见父亲从屋里走出来，手里抱着被褥。我们忙跑过去问他要干吗，他说要赶回小园子里去，别让那些工人趁着中午无人看守把园子给毁了。

“晚上我在那里打地铺，就不回来了。”他急匆匆走着对母亲说。母亲都快急哭了：“你爸的老寒腿，蚊子又这么厉害，可别有个三长两短的。”

我也顾不得吃饭了，赶上两步陪着父亲一起去。到了那里，果然看见挖土机轰鸣着，喷起柱状的黑烟，正准备把巨铲里的淤泥朝着小园子里的青菜倾倒下来，地边的向日葵已经被轧倒了，横七竖八地躺着。父亲大吼一声，冲到挖土机前面。司机无奈地笑着，熄火爬下来走到对岸去了。父亲在巨铲下面铺上麻袋，躺下来歇着，预备长期抗战。对面的工头和司机一看，一个坐下来剔牙，一个拍拍屁股向远方走去。

就这么耗着也不是个办法，我又担心父亲的身体，就朝着对岸招手。那工头走过来，离着三米远停住了，戒备地看着我。我转身就走，走到父亲听不见的地方，跟工头商量解决办法。

“老板打过电话，真不能多了，真是最高标准。”他委屈又无奈地摊着双手。

“你们施不了工，一天损失多少钱？”

工头冷漠地摇头，表示那没办法。他眼神的意思，看你们能坚持多久。

我摆摆手，说：“算了，咱们不争了。我掏两百，给你加上，算是你们赔偿了两千，让我爸满意。”

“那行！”这次工头爽快地答应了。等我们背过身去，我偷偷捏出两张人民币，他一把抽过去，跟手里的合在一起，回身大踏步走向父亲。

父亲坐起来，脸上挂满胜利的笑容，他把钱数了一遍，又让工头找纸，他要给工头打个收条。

工头看我一眼，不好意思地挠着头，吆喝对岸送来纸笔。父亲却不看他，唰唰给他写完，收拾被褥回家。进了门，哗哗哗洗脸，对母亲说："我说啥来着？光工夫他们也耗不起。"

看我走到屋里去，又对母亲说："年轻人到底是年轻。"

晚上，跟妻子说起白天的遭遇。妻子说："咱爸也真是！"我说："真是啥？我倒觉得挺佩服他的。"

我很想去看看那个小园子被覆盖以后的情景，借此凭吊一番女儿的童年，父亲不愿意随行。他再也没有去过那个地方，后来他又找到一块荒地，重新开垦起来。那里浇不上水，他就想了各种办法去淘换水。到夏天，草木葱茏，又长成了一个生机勃勃的园子。

追逐梦

我追逐，我跋涉
一任岁月如风流过
彼年彼月，此山此河
家乡的一草一木都记得
我说过，我为什么

儿时的天涯路
都纷纷走向身后
我对自己说，我还要走
人生最怕猛回头
身后的路很长
前方的路　更久

——摘自高中札记

我的童年是在行走中度过的。身为男孩，在我们那个偏远的乡下，你两天不回家都不一定有人记得起来。这是真的，那次在月夜里捉迷藏，我和大闷在大草垛上不知不觉就睡着了。醒来已经月落西天，晃晃悠悠回家去，箱笼里拽一块饼子吃，母亲也没工夫搭理我野到哪里去了。我们白天全都手执牛鞭做放牛娃，头戴斗笠，身背水壶，骑着牛背走天涯。我尤其走得远，往往一个下午要走出去七八里路。当然，还得走回来。牛其实想以吃为主，在我的“训练”下，变成了以走为主，业余吃草。一个夏天过去，大家来评论我的工作成绩。姐姐说牛是越来越苗条了。父亲说它是吃肥了，跑瘦了。

那时候上学不用接送。我们去学校三里路，我一天要走八趟。怎么是八趟？早晨上两节早读课再回来吃早饭，中午和晚上也要回家吃饭，晚上还有晚自习，可不就是八趟嘛。到读高中，学校离家更远了，骑自行车也要一整天的时间才能到学校。出村子先是无边的庄稼地，六七里外才有其他村子出现。其间蛇鼠横行，间或还会打扰到老鹰吃鸡的午餐。遇到雨天，更是泥泞难走。等到骑上大路，心情畅快，一路走走逛逛。到了汀河桥，离学校还有十几里，车子如飞，“轻舟已过万重山”。有一次到了这里已经夕阳衔山，我跟东升打赌谁能先到学校赶上晚饭。一路风驰电掣，十二分钟到校门。后来无数次重复，再也没能骑出那样的好成绩。

那条大路我后来又走过好多次，包括为奶奶奔丧，也是走的这条路。甚至还徒步走过，在雨夜里，摔了无数次跤。有一年冬天，我和同村的一个小伙伴陪着大闷去相亲。北风那个吹，我们把自行车链条都蹬断了，三个人只能拖着车子回家。有次我自己骑行在那条路上，半夜里往回赶，月亮照着我的影子，无边的旷野里一辆渺小的自行车，哐当……哐当……越骑越怕，越怕越快，一扭车把，把前轮跑掉了。没办法，这是通向外面世界的唯一一条路。

上了大学，离家千里。周末去爬山，节假日去看海。我这平原上长大的孩子，终于把愿望实现了。我爬过最好的山是牟平的昆嵛山，山上有烟霞洞，金庸迷都知道，这洞和“周伯通”“王重阳”“小龙女”等名字联系在一起。事实上，历史上的全真教就活跃在胶东的昆嵛山区。我们从后山开始爬，还捡到了一株脸盆大的灵芝。当时传说山上有野猪伤人，现在开发成了景区，估计早就没有了。那时我也是第一次见大海。青岛的栈桥，以前只在明信片上见过，终于见到真的了。看到大军舰、海军博物馆，我心里那个高兴。居然经过一条利津路，虽然是很窄的一条小马路，还是把我激动得不轻。

寒假回家，我们兴致勃勃地去承包大客车，把老乡们联系在一起。上车的时候，我光忙活着张罗人了，都没给自己留个座儿。老彦那小子倒是有点小九九，跟别人说司机旁边的座位都不能坐，末了他一屁股坐那儿了。还是坐不开，我们过道里挤了一溜儿小马扎才算解决问题。半夜里停车撒尿，我晕晕乎乎随人下车，但见夜露湿重，恍如梦游，赶紧上车继续黑甜乡。早晨一看，我头枕着后座，脚压着前座，整个睡着一张“人床”，怪不得这么软绵绵得舒服呢。

说起老彦，还有一件趣事。我们刚入学那会儿，都急着寻找老乡，有一天，一个黑瘦小子摸到我的宿舍来，说他也是利津人，一中的。我有一个高中同学是一中转学过来的，说起老彦就笑得岔气。我就对他说：“我认识你们一中的一个人，老彦，你认识吗？”他尴尬地搓着手：“哦，哦，我就是老彦。”

老彦在大学里的目标就是学会跳舞，他老是踩不到点上，这让他很着急。我每见他一次，就问：“你学会跳舞了吗？”后来，他们系的领舞成了他的女朋友，总算是“曲线救国”了。这小子考取了浙大的研究生，后来出国了。

我不喜欢跳舞。我爱好文学，四处找关系想转到文学系去。当时学校不让转。万般无奈的我开始自学中文系课程，梦想着著作等身。等我毕业，才发现没钱活着都难，更没法著作，于是又去赚钱。我下过车间，端过盘子，开过话吧，卖过农药，跑过销售。我只身入晋，南下江浙，北上吉林，远走湖南。终于到现在，生活问题算是解决了。忽然发现，这些年光忙着生存了，提起笔来，懵懂傻愣著不了作了。

有人说，人生就是一场旅行，身体和灵魂，总有一个在路上。

最近接受一个访谈，主持人问我：“你追逐的梦想是什么？”我听出他的重音是落在后面的。但我的回答把重音放到前面去了。我说：“追逐就是我的梦想。”

杜 姨

刚毕业那几年，我单身，下车间，想出人头地可是找不到出路。从农村走出来是靠读书，自己又喜欢文学，于是泡图书馆成了我业余时间的一大爱好。

我至今仍然清晰地记得县图书馆的样子。白窗红墙，那座三层小楼，当闹市通衢，默立在一片或现代或古旧的临街房里。大路宽展，直通南北长天，它立在路西。它的左首，是银行耸入云端的大厦，仿佛这座小城的桅杆。它的右首，是北去的连片商场，服装店啦，小吃铺子啦，一排排的橱窗铺展开去。马路对面，正对着农贸市场。那里是县城最繁华的地方，一年四季，车水马龙川流不息。

我先后有三四年的时间，时时造访那里。我看着太阳把红墙晒旧，看着阅览室的桌椅更新，看着人一拨拨来去。我仿佛看到时光的足迹，是怎样把一切变老、变干、变脆，如同在沙漠上晒干一段枯死的胡杨。

不变的是那里的静，静得恍如虚空。说起来，静是图书馆该有的氛围。在静里，隐隐有着暗香浮动，那是书籍散发出的油墨香气。我贪恋这气息，流连忘返。

有多少次，我都在想：为什么这里如此安静？一扇大门或一堵墙，就能隔开外面的喧哗世界吗？

也许是我多年的驻足或仰视，使这座小楼平添了某种神秘，其实在外人眼里，它就是某座普通的建筑，普通到连作为道路标志物的资格都没有。人们谈到它，一般情况下仅会涉及它一楼出租的门面房。那里有礼品店、理发店，还有一个经常人来人往的复印店。至于二楼以上的部分，则由于那些行道树阔大树冠的遮挡，而完全退出了人们的视野和意识。

推开后门，拾级而上，带着步入常人思维疆域之外的窃喜，我走入这座小楼。二楼是图书借阅室，三楼是期刊阅览室。我常去的地方是三楼。在那里，我认识了杜姨。

我小心翼翼地推开图书馆一扇虚掩的门时，看到壁上满架的图书。上午明亮的阳光透过那一面墙的大落地窗，照射到一排排空空的桌凳上，显得空荡荡的。蓦然看见阴暗的角落里坐着一位满面皱纹的老太太。这景象温馨而又诡异，我不由得抬起头来，重新打量一下上方的门牌：阅览室。

其实杜姨人很好的。看书的时候，她经常会拿一些吃的东西让我。像瓜子啦、花生啦，甚至烤地瓜。她一边织着毛衣，一边说："吃吧吃吧，别客气孩子，我就喜欢实在小伙。"

杜姨像我们村里的婶子大娘一样亲切。她甚至会殷勤地给我倒水，当然这也可能是因为阅览室少有人来。当我谦让的时候，她的话匣子就打开了。

我跟杜姨日渐熟络起来。有时见她去涮墩布，我也会抢过来替她拖地。她也很快知道了我来自偏僻的村子，知道了我考上大学的欢喜，知道了我当工人的无奈，知道了我迷恋文学，嗜书如命，是怎样一个人摸到图书馆来。我也知道了她和我一样来自新淤地，几乎知道了她每个孩子的情况。大儿子是正科级啦，二女儿单位要取消福利房啦，有个侄女也在我们企业上班啦。杜姨没有什么文化，在农村里生活了大半辈子，是随她丈夫调上来的。可是问起她的丈夫，她就笑眯眯地坐着，不再开口。

“你这么喜欢看书，写过文章吗？”有一次杜姨问我。

“我在大学里就发表过散文。最近还发表了两篇。”我很羞涩但又自豪地去翻近期的市报，其实只是一些副刊上的“豆腐块”，而且很可惜没有找到。

但这足以令杜姨惊讶了。她连声赞叹着，夸我有出息，如同我乡下的母亲。她认定穷人的孩子有志气。她鼓励我：“你年纪轻轻的，当工人怕啥？你这么有本事，肯定会有出息的。”

我们企业里组织临时劳动，把我拉到工地上去，整日整日晒着，我都晒得脱了皮了。休息的时候，忽然寻呼机响起来，有人呼我，原来是图书馆邀请我去参加读者交流座谈会。多么堂皇的理由，多么光荣的美差，只具其一就足以羡慕死那些做梦都想偷懒的工友们了。于是我收拾停当，特意换了身新衣服，第二天高高兴兴去躲半天的清闲。会议室里有鲜花，有水果。会议桌是深红色的，漆面泛着锃亮的光。就连椅子都那么舒服。像我这种农村里出来的小工人，哪见过这种世面呢？

会议开始是领导讲话。那坐在对面的，竟然是县委宣传部的黄部长。这么大的领导我可是第一次见到。黄部长倒很亲切，挨个打着招呼，没有一点架子。轮到我了，杜姨介绍我是最忠实的读者，还在报纸上发表过文章。黄部长顿时重视起来，非要让我讲话。我也没有准备，好在那时书生意气，也不怯这个，就侃侃而谈了一阵。黄部长带头鼓了掌，临走还拉着我的手，特地邀请我常去他家串门。

我那时书呆子一个，并不懂得钻营。可那机会，是杜姨给我的。

后来又发生了介绍对象的事。

我的一个远房表姨，就住在这县城里，她家的女儿，年龄小我一岁，应该管我叫表哥，也在我们企业上班。有一天晚上，这个表妹给我打电话，说是来找我玩。我那时正忙着写作，所以很不耐烦那些闲聊的造访，就说不得空，算了，改天吧。于是她就没有来。我心思不在这里，也就没有问。

多年以后，我跟这位表妹聊起来，才知道那天晚上并不是她要去找我玩的，而是她的一个小姐妹，偶然听她提起我的名字，知道了这层亲戚关系，就一直黏着她要来“看看我”。打电话的时候，其实她们已经走到了我的宿舍楼下。当时那女孩问："怎么说？"我那表妹如实告诉她："他说没空，算了吧。"

姑娘顿时进退两难，拉着表妹，迟疑着走了。

"其实人家是想来跟你处对象的。她的婶娘在图书馆工作，说你人品又好，又有才气，都快把你夸到天上去了。"

"她的叔叔是谁，你真的不知道吗？"

她的叔叔，也就是杜姨的丈夫，就是我们县的张县长。

江 波

图书馆的二楼是借阅室，我曾经去那里借过一次书。只要拿出证件，登记上，就可以把书带走。县城图书馆不同于学校，这样做其实是有风险的。因为借者可以把书拿走一两年，而追索是困难的。

我的担心倒是多余，来图书馆的人本就寥寥，外借的图书尤其破旧，手续也很烦琐。登记卡片是手写的，串到小盒子里。一个大橱子，上面嵌满了小盒子，密密麻麻的，像蜂窝，看着就头大。那些书更是又老又旧，尽是些 20 世纪 80 年代出版的旧书。不过只要耐下心来，里面倒也还有一些好东西。如果放到现在，应该是一批珍藏了。

我只去借过一次书。走进去，书库里霉味呛人，一排排的全都是武侠和言情小说。在某一排书架的尽头，却孤独地插着一本 32 开的小书。翻过来，粗糙的纸面上印着书名:《如梦令》。作者是台湾的萧飒，出版时间是 1987 年。

不知怎么，我一眼看中了这本书。人和书的缘分，有时候真是奇妙。在这之前，我从没有见过任何与这本书有关的评论，它的作者——萧飒，我也是第一次听说，但是这本书很快就抓住了我。我用了一个晚上，细细把它读完。我记得开始坐下来读这本书是在晚上的8点，到12点钟舍友下晚班回来，我觉得刚过了一会儿。时间怎么过得这么快？应该休息了，可躺在床上，翻来覆去，心里猫抓一般难受，就搬一张凳子坐到走廊里，又看到凌晨3点多。实在冷得受不了，就又回到屋里。剩下的部分，我是钻进被窝打着手电筒看完的。合上书的时候，东方已现鱼肚白。我躺了一会儿，平复一下激动的心情，然后起床去上班。

老实说，那本书并没有影响到我的写作。它只是本普通的畅销小说，写的是20世纪70年代台湾经济起飞的时候，一个普通的城市女孩小珍辛酸而又艰难的个人奋斗史。主人公最后凭借迅速上升的房地产业实现了事业的辉煌。这本书给我留下深刻印象的，反倒是台湾的房地产高速发展史。

读完这本书后的一年，也即我谈了女朋友后的半年，我就凑了首付，办了贷款，购买了一处刚刚开发的楼盘。那是我们县城开发的第一个商业楼盘，时间是2003年，我也由此成为我们这个小县城第一批“吃螃蟹”的人。

事过境迁，当房价翻了不止一倍的时候，回过头来看，经济的发展是多么相似啊。文学即人学，小说就是一个社会的秘史。我真真切切地感受到“书中自有黄金屋”这句话的含义。

可惜接下来的几年里，我就很少到图书馆去了，我要养家糊口。

等到我终于生活安稳下来，再来图书馆怀旧时，图书馆已经整修得我认不出来了。物非人亦非，杜姨已经离开。

我循着门牌找到阅览室，推开门，电脑后面站起一个人来，随和地笑着，这就是江波。

江波瘦瘦高高，很文静，他话不多，但是声音很好听。他的声音里有一种从容和安定，无论谁来，江波都会站起来。这是我经观察后得出的结论。在江波的管理下，阅览室渐渐成为学生们的自习室，就像大学里一样，在大小假期，学生们三五成群，背着大书包，那鲜艳的衣服给图书馆平添许多生气。

当然，图书馆也今非昔比。从门窗到墙壁，从书架到桌椅，可以说是里外全新。暖气烘得阅览室里充满着融融春意，在冬日的落地窗前，架上的盆花嘲笑着窗外肆虐的北风。孩子们在平整的桌子上写作业的沙沙声，总是让人心里充满感动。

其实，连同文联和作协的成立，这些都是县里整体文化投入的一部分。就连江波，也是这“投入”的其中之一。

江波是年轻人，刚刚部队转业，经由事业单位安置考试进入文化局。这是个新设的职位，对别人来说，可能属于清水衙门。对于江波，却是如鱼得水。

江波小我十岁，正是当年我摸进图书馆的年龄。他同我一样，也是痴迷于文学。你跟他说三句话，就能判断出这是个文人。他是那种真正被“文”所化的人，外表沉默，内心火热。

江波的老家更偏僻，在靠近海边的一个小渔村，距离他们渔村最近的居民点在二十里之外，那里是军马场的营房。在军队里还设置有骑兵的年代，中国骑兵的军马有很大一部分来自这里，来自黄河入海口的茫茫草原。

江波的父亲像所有的打鱼汉子一样，坚韧而又自尊。为了争一口气，拉饥荒把草房翻盖成了砖瓦房。读高中的江波顿顿吃着咸菜，支持着父亲的“事业”。而他的妹妹，没有读完初中就辍学了，只是为了省下那可怜的学费。江波没有考上大学，他从一百里外的高中回来的时候，小村仿佛亘古未变。他知道自己将要在这里度过余生，他的父亲就是自己未来的样子。他的青春之花还没有开放，仿佛已经凋谢了。对此江波并不感到特别的悲伤，他已经近乎麻木了。

父亲去世以后，江波又在小村里待了两年。他头发蓬乱，跟个野孩子差不多。他拿着镰刀，去收割地里的一点儿庄稼。路过学校的时候，一本破书躺在校门口，海风翻动书页子，“哗啦啦”地响。他捡起来，看一看，那是一本杂志。天知道它是怎么流落到这里，也许是住在镇上的老师捎来的，也许是天意。总之，这几张书页子像一块陨石，一下子唤起了江波埋藏的记忆。这个二十岁的青年人站在那里，认真想了想以后的路，然后下定决心：去当兵。

江波这兵当得很不顺利。农村孩子想往外走，路只有三条：上学，当兵，去打工。考不上学家境又好的孩子们都挤到当兵这条路上来，他们的父亲当中不乏土老板和村干部，拼钱拼关系，江波一无所有。当他坐了两个小时汽车，找到百里外的县城征兵站，失败是早已等待在那里的结局。江波不死心，第二年又去，第三年又去。他拐弯抹角，打听到一个远房的表亲在县畜牧局上班，于是就找了去。到了那儿听说表亲已经退休了。他在畜牧局门口的街上徘徊，拿不定主意。最后想，已经来了，就试一试吧。他拿出仅有的钱，买了点礼物提在手上，鼓起勇气去敲门。

江波的冒险成功了。表亲还顾念亲情，想起他故去的父亲，舍出老脸去找了一位县武装部的老朋友。第三年，江波穿上了军装。

在部队，江波又拿起了笔。无心插柳，转业回来参加安置考试，他的成绩遥遥领先，被分配到了图书馆来。

如鱼得水的江波面对着满架的好书，却没法静下心来写东西。原因是他还没有女朋友。我们相熟的都积极去保媒拉纤。我妻子给他介绍了医院里的护士，文友艳霞给他介绍过科技局的文员，还有的给介绍了企业里的女工。因为我们都觉得，现在像他这样的好小伙是多么少啊。可惜，情况却不似我们预料。江波的头就一天天低下去，笑容也越来越勉强。终于有一个，江波是极动了心的，托人捎过话，递过情书。那女孩也和他走动得频繁起来，像是心里愿意的。我曾偷偷看过她，穿一件白罩衫，像一只优雅的蝴蝶，是很美的一个女子。那段时间，江波整个脸都光亮起来，简直称得上容光焕发。我们都替他高兴，甚至有的都闹起喜糖来。可最终，江波还是收到了那女孩的请帖。新郎不是他，是某个药厂的医药代表。艳霞见过，有着一个西装都包不过来的大肚子。

江波消沉了一段时间，重又振作起来。有几日不见他，回说是贷款买了房子，正在装修。筑巢引凤，金屋藏娇，他这样做是对的。但我疑心是艳霞的话刺激了他。艳霞说那医药代表有三套房子。

可怜的江波屋漏偏逢连阴雨。这一段时间，他的电动车又被偷了。他只能骑着一辆借来的老式自行车，“叮叮咣咣”奔波在楼房与建材城之间。身边的轿车倏忽驶过，把他裹挟得如同一片风中落叶。

开放

回到十几年前我回家商量买房子的那个夜晚，当我犹犹豫豫地说出这个念头时，母亲直接说："住楼？做梦吧！"

父亲倒是呵呵地笑了："楼上楼下，电灯电话，那是共产主义哟！"

后来我和那时还是我女朋友的妻子回到她在医院的宿舍，我们坐在她的床沿上，拿出一个小本子，回忆着彼此同学和亲戚的姓名，记下来，开始琢磨着一个一个地借过去。那时候真是初生牛犊不怕虎，每天都有使不完的劲儿，天大的事也不觉得愁。当时我的工资是每月1200元，她的工资每月是1800元，父母辛苦种了一年的棉花都被我拉出去卖掉了，卖了2400元，而那套房子，需要十几万元。

早晨在小摊上吃饭，碰到一个邻村的老乡，我们承包林场地的时候曾经跟他的父亲做过地邻。我看他30岁出头，应该衣食无忧，说了不到三句话，我就开口借钱。看在都是从"边村"走出来的情分上，他痛痛快快地借给我2000块钱，那钱我攒到年底才凑够，买了一袋水果去看他。我实在拿不出利息，索性硬起脖子不提这个话茬。他们两口子热情地跟我聊着，说着家乡的事，看来从没有往那方面想过。

回想起来，那套房子可以说是真正的家徒四壁。妻子偶尔闲了，也养了一两次吊兰，但都因无暇照料，渐渐枯萎。唯有一盆竹子一直活了下来，虽然不算茂盛，可是也一直绿到搬家。

那盆竹子是朋友们当年送我的，虽然他们三个人轮流，才把它搬上五楼来，却谁也叫不出这盆栽的名字。开放说："好像叫'夏威夷'。"发展说："应该是'逶迤'吧，卖花的大多无知，发音不准。"我说："这不就是盆竹子嘛。"中华说："是竹子，可是都有学名的。"我不敢和他辩。他正在努力考律师。我怕他几年以后用法庭上练就的利嘴加倍找回来。开放是学英文的，发展正在考中文专业的学历。

我业余也学中文，学得很艰难。那个时候，我们都在车间里上班。我们是从新淤地走出的孩子，都是辛辛苦苦十几年才跳出农门的，从偏远的小村里，我们一步跨到城里来，顶着大学生或者中专生的名头，带着父辈们骄傲的梦想。

有数不清的夜晚，我们学累了，会漫步到小球场的看台上，在月色下聊天。那是怎样的夜啊，远处如山峰般的化工装置亮着不灭的灯光，机器轰鸣，浓烟滚滚，把我们笼罩在梦幻里，月色也就朦胧得仿佛看不清，刺鼻的硫酸气息弥漫左右。我们几个青年，在高高的看台上，俯视着满地污水和墙外瑟瑟的枯草，指点江山，感时伤怀，面对前路一片迷茫。

那个时候，我们都在学习，去考证或者考研。对于我们这些靠读书从农村走出来的孩子，我们只能向课本努力。为了理想，也为了肚子。本来这是不可分割的一体两面，但是由此却引起了激烈的讨论。开放是坚决反对世俗的，他最容忍不了人向物质享受妥协，他要体验一种朝圣般的过程。为了理想，他宁愿当苦行僧。这本来是搞文学的绝佳精神，可他偏偏不搞文学。现在想来，真是造化弄人。

开放于是愈加地刻苦，他从集体宿舍里搬出去，自己住了一个空置的单间，那里断水断电，就在厕所的对面。不过不要紧，开放只把一张床垫子铺在地上，自言“天当被地当床”，又搬来一块砖枕着，说要效仿司马光的醒木，然后点起一支蜡烛来。确如他之所言：在烛光下学习，精力会更集中。

多年以后我终于知道，他说的是对的。

于是烛光亮起来，从此夜夜闪烁。有时候我们去访他，碰上他裸着身子，只穿个三角裤。他的外套洗了，已经晾在墙角的绳子上了。晾一晚，等早起再穿上。开放只有一套衣服。

我曾经以为开放家里贫困。我知道他还有一个弟弟，应该与我们一样，他的父母也是土里刨食吧。但是我错了，他家里还开着油坊。有点小生意做，日子应当比我们略好。但是他食无肉，穿无衣，人很消瘦，只有一双眼睛明亮，纯净晶莹，仿如星辰。他自己说，那是天天冷水浴的结果。有时下了班，他还去远足，单车徒步，动辄几十里。劳其筋骨，饿其体肤。

我不知道开放的远大理想，但是我们几个朋友感觉心心相印，像一个小沙龙，自觉地抵制着流俗。比如泡酒馆，比如打扑克，比如上网看电影打游戏。诚然，周围的同事们大都如此。日子确实是需要打发的。趁着年轻，尽情地享受一下生活；如果运气好，还能邂逅一场浪漫的爱情。人，衣食之外，还能要求什么呢？

我是第一个进修完学历的人，可是毫无用处。在刊物上发表了一些大大小小的东西，也当不了饭吃。有心去脱产读研，又没有钱。这个时候，有一个销售员竞聘的考试，我抓住机会，跳槽到办公楼里做业务去了。我很高兴，甚至是激动。我就这样轻松地放下了我的文学，捧起经济类型的书来，开始恶补金融知识。转过年来，又谈了女朋友，我把所有的存款取出来，买了一辆摩托车。每个夜晚，我都要跨上我的新摩托，载上女友，在城市的街道上穿梭。车声隆隆，我就好像走出书斋的老夫子偶中状元郎，“春风得意马蹄疾”，感觉这样也很惬意。

然后时间就变得很快了。工作刚刚有了起色，就要开始谈婚论嫁。要买家具，要定婚期。焦头烂额。最着急的还是钱，光买房子就是天文数字。贷款、借钱，能借的都借了。一文钱难倒英雄汉。人在屋檐下，不得不低头。何况我上无片瓦，我豁出去了。就这样，三千、五千，慢慢地凑起来。我在心里说：“记住情分，我会加倍还的。”

一天晚上，我跟女友在宿舍里，正在掰着指头算款项，开放推门进来了，我很惊讶。我说：“你不是回母校了吗？”我知道他休了假，骑一辆自行车千里单骑回母校了。

他说：“我刚回来，听说你急着要买房子。”

“啊，是。也不着急……”在开放面前，我就像当了逃兵。我很羞赧，不愿意聊这个话题。我给他搬把椅子：“说说，怎么回来的，路上好走吗？”

“比去的时候强。主要是准备充分了，我后座上带了一箱方便面。”

“睡哪儿呢？”

“有时候借宿，要不然就睡草垛。”

他没有继续聊下去，手伸进口袋里，抓出一沓钱来。“我手上就这么多，你先用着。”

那是两万三千块钱，是开放全部的家当。

那盆叫不上名的竹子，是我搬新房子的当天开放他们轮流抱上来的。大家都累出一身臭汗，然后嚷嚷着去参观各个房间，立马就开始划分地盘。这个说：“我要这间。”那个说：“我以后就睡这儿了。”很快就把六十平方米的房子给瓜分了。最后给我和妻子留下的是厕所。我们像客人似的站在旁边，看他们笑闹。后来说要摆酒，很快就用几把木椅拼出桌子来。新房灶上做了第一顿饭，一大盆白菜丸子汤，又拌了几个凉菜。酒倒是喝了不少，我们都醉了。在地板上铺了垫子，我们睡得横七竖八。

我印象里，这是开放第一次喝酒。我的婚礼上开放又喝醉了。半杯白酒被他一下子倒进去。把酒杯一顿，他大声说一句：“我高兴！”这是他第二次喝酒，也是他最后一次出现在我的视野里。婚假休完，我就听说开放失踪了。同事们风传车间里那个怪人走了。我心急火燎地找到中华和发展，看他们一脸平静。我于是又笑自己，不该这么着急忙慌的，觉得很惭愧。他们说，很普通的一天，早晨起来，开放就下了决心，收拾东西走了，无牵无挂。我们共同感慨一番，觉得这是早晚的事。是早晚的事，还是又感慨了一番。

女儿两岁的时候，有一阵子每天都在唱一首儿歌：

“地球转，太阳跑，小苗呼啦啦长得高。”

只要她一唱，我就脊背一紧，痛感到时光的流逝，真是快如流水。我坐在沙发上，看我粉嘟嘟的小宝宝蹒跚学步，有时候摔倒了，就用手撑地，撅着大屁股努力站起来，看得我哑然失笑。她鼓着腮，用尽全力也不能成功。不时用眼白翻一翻我，拒绝我的帮助。有时候她成功了，终于站稳了身子，就兴奋得手舞足蹈；有时候，她努力了很久终究不能成功，就干脆趴下，转而去玩地上的小饭粒。我可爱的小宝贝，她活得随遇而安，所以也就无忧无虑。

有一段时间，孩子对那盆竹子产生了兴趣，经常围着它玩。我也会坐在沙发上默默凝视它。当初也曾设想它可能活不长久。因为我们疏于管理，所能做的，也仅是凭着心里的惦记而隔三岔五地给它浇上一舀子水而已。可它居然挺了过来。当我们终于买了电脑，买了影碟机，它就陪着我们一起看碟片；我们安了空调，它就陪着我们一起来吹凉风；我们燕子衔泥般一点点垒满这小巢，它始终占据着客厅的一角；到我们添了孩子，它已经可以伸开手臂，像棵小树一样来遮蔽这个小人儿了。

这些柴米油盐的琐碎日子里，也零星地夹着开放的消息。

他先是回了母校，在校旁租了一个小窝，每天背着书包去自习室苦修，做一个清贫的旁听生；冬天了，他忽然想去一个有海的地方。于是去了烟台，在烟台大学待了一个多月，吃掉了一麻袋土豆和半筐集市上捡来的烂菜叶；又去了青岛，在海洋大学待到夏天；又去了南京，在河海大学待了一段时间；又去了上海，在复旦里“孵蛋”；又去了北京，待在北大。在北大待的时间要长一些，情形都大体相似，依旧是孑然一身。我不知道他是否更瘦，因为他本来身上就无赘肉。但我相信，他的眼睛会更明亮。

手头上稍一宽裕，我立刻把那笔钱给他汇了过去，并正告他：“不管好坏必须吃饱，不能把身体搞垮。”他笑得很爽朗，让我不用担心，还说他不需要钱。我不知道他要干什么，考研么又不像。中华说，他确实有过这个念头，后来放弃了。我们私下忖度，还是钱的问题。“现在无论哪条道路，到了关键时刻总有钱挡在那里。”这是一直坚持考公务员的发展说的。我们都深表赞同。

说这话的时候，我们正聚在发展的宿舍里聊天。他是在公务员考场上坚持七年的老将了。那年他终于入围面试，心里很兴奋，准备了好多天，结果还是名落孙山。有一位同考的年兄与他并肩出来，深有感触地说：“还是考公务员公平啊，花了钱培训也不一定能考上。”他说：“是啊是啊，不花钱培训倒基本是考不上。”

“钱确实是个问题，信息和机会也同样重要。”已经拥有律师资格证的车间工人中华总结说。

就在那个时候手机响了起来，是开放打来的。他说，他现在是在深圳打电话。他说，他已经开始工作了，在一家企业做外贸。我们都为他高兴，然后又感慨了一番。

十年后，开放回来过一次。那时候，我正在新房子里打扫卫生。我也买了车，那时候的我已经远离了文学。我开车接开放回到老房子来，又接上中华、发展他们。开放要出国了，这次不是个人行为，是公司派驻海外的代表。我们要好好聚一聚，为他送行。

觥筹交错当中，不知谁又说起这竹子的真名。时光仿佛回到了过去，我们依旧争论不休。这时有人说："都什么年代了，上网一查不就知道了嘛。"众人皆恍然称是。于是开放打开笔记本电脑来，在浏览器上一搜，瞬间页面上出现了这竹子的照片，并附解释说：

"夏威夷竹子，盆栽观赏植物，原名夏威夷椰子，产于中南美洲，可达数米高……"

原来，这被养在我家，"其貌不扬"的竹子还拥有着我们想象不到的巨大潜力。

我们打量着这盆竹子，许久都没有说一句话。

第四章　边村列传

即使你千年以后，化为一只飞鹤，你也会振翅徘徊，用鸟语唱出思乡的歌谣：有鸟有鸟，丁令威，离家千年今始归……

大闷相亲

最近应朋友所托，我组织两位年轻人相亲见面。自感不是当“红爷”的料，所以颇为踌躇。借鉴经验，设计程序，生怕两人尴尬，很是一通忙活。谁料真到了那天晚上，两位主角刚一见面，我还没来得及给双方介绍，他们俩已经开聊。一会儿就天南海北，热火朝天。我和妻子正在那里无所适从，那小丫头朝我们一努嘴，两人齐声说：“哥，嫂，你们忙吧，我们俩去那边坐坐。”得，我们赶紧撤吧。

回家后，深夜独坐，想起我陪大闷的那次相亲来。

大闷是我的发小，我还在读书，他在村里已经算是大龄青年了。寒假回家，正赶上小杏婶张罗着给他“说媳妇”。同村的一个小伙子说，他老婆娘家村里有一个姑娘，各方面条件都挺好，要不就去相看相看？于是经过双方热情地传递信息，我们在腊月里的一个早晨出发了。

天气很好，阳光灿烂。我们三辆自行车，像草原上撒欢的野兔。三十里的路程，只用了一顿饭的工夫就到了。那天逢集，约好是在集上见面的。一来集上人多，彼此都不至于太害羞；二来也可以顺便为双方买点东西作纪念品。平时话少的大闷，见了生人就更腼腆，这样安排是费了心思的。可是他还是胆怯，执意要拽上我。我左右也是闲着，乐得凑热闹。那位媒人呢，虽然已经有了一个三岁的孩子，其实也只大我们两岁。这样的“重任”，自称也是第一次担当。所以大家谈谈笑笑，感觉很新鲜。但是村中长辈们却都怨小杏婶这样由着我们，怕没有稳重人掌控着，事情八成要黄。

还真让他们说着了。

我们在大集上逛到晌午，还是没见到人。下午三点多了，终于有信儿来，说要我们到媒人岳父家里去。于是又去到一个叫张家滩的小村。老人很客气，向我们几个小毛孩子散烟，请我们喝茶。我跟老人聊得很畅快，大闷却始终低着头，脸红红的像偷了人家东西。

一直到傍晚，姑娘也没有来。饺子已经包好了，媒人的岳母乐呵呵的，劝我们别着急，先吃饺子，就像疼自己的孩子。

“这是说媳妇呢，可不敢着急。”

我一高兴，就吃得很多。大闷却像个大姑娘，只吃了一碗就说饱了，坚决不回碗。看来是小杏婶嘱咐过的。

我们这里有一个典故，说在早年，有个傻小子去相亲，姑娘家招待吃饺子。他吃了一碗，就老实不客气地自己端了碗又去盛，结果亲事就吹了。说这人不懂礼数，“贪吃没够”。唉，没办法，以前饺子金贵。

我可不管那一套，又不是自己相亲，看人家让得紧，大闷又不吃，就自作主张替大闷又吃了一碗。

掌灯以后，姑娘终于来了。却不是自己来的，一下子就涌进十二三个半大姑娘，花枝招展一屋子，嘻嘻哈哈笑闹着，把我们哥俩围在炕沿。媒人张罗了一些座位，散乱地坐了，却还是看着我们笑。大闷就越发地紧张，身子缩着，靠在了炕边墙上。低着头，问一句答一句，像个受审的犯人。我看得可乐，就替大闷问谁是燕霞（好像是这么个名儿），怎么来这么晚。原来她们都是一个村的小姐妹，现在都在村头一个纺织作坊里打零工，因为有急活不准假了，下班后才来的。到底是谁却不说，要我们猜。这样笑闹了一阵，幸亏有我，没有冷了场，但还是很快就一窝蜂地走了。后来那姑娘托人传话说是嫌弃大闷太老实。可是话说回来，庄户人家后生，哪里又有油嘴滑舌的？至于见面的姑娘，也就是今天的主角，到底也没有确定。我猜是那个接话最多的“快嘴小八哥”，她对我们最热心；大闷却疑心是后排那个穿绿袄的，因为只有她化了淡妆。媒人最后告诉我们，是角上那个一直低着头的女孩，说人家还拿眼偷瞟过大闷两三次，可惜我们都没有注意到她。

那天回来已是夜里。野外漆黑，又刮起很冷的北风。风越吹越大，在大荒原上也没个遮挡，走到一半路程，一辆自行车的链条被我们蹬断了。好在三个人互相帮扶着，年轻人也容易忘掉一些沮丧的事情。我们一路笑骂着那些女娃，互相调侃着当时的熊样，到家已是深夜。

那次相亲算是没有成功。如果是普通人家的少年，也会像大闷一样经历大大小小这么几次相亲。终于有家境相仿的人家，父母都觉着对方名声还算不错，两人也偷看过一两眼，觉着还算满意，算是定亲了。逢着麦收秋种、赶集过年的，也像旁人家一样互相走动这么一两年。看看年龄也都不小了，于是就顺理成章地结婚。婚后如果发现彼此脾气不投，也会像其他人一样隔三岔五吵架。架吵完了，日子还是照样地过。

可有谁知道，这种普普通通的生活，于大闷而言，却成了一种奢望。为了结婚，他几乎耗尽了全部精力。

大闷和我同学八年，但我们做朋友不止八年，我们从光屁股就在一起玩。一起钻草垛，一起捉蛤蟆。我们共同学骑自行车，共同打葶秆，“攻城”的时候我们总是并肩作战，捉迷藏总是分在一组，我还曾经和他躲在建林家的大草垛上睡着了。大闷有时候会带着他的弟弟——一个顽皮的捣蛋鬼。每次散伙回家的时候，这家伙总会推我一把，或是沾点别的便宜。大闷不同，他人老实，小小年纪就很忠厚，有长者风。每次他都训斥他的弟弟，并向我道歉。虽然我并不介意。

从小学到初中，我们始终在一起。大闷的成绩一般，虽然他很努力；各种活动他也积极参加，却总是被大家遗忘。他就像我们所说的“沉默的大多数”。只是我知道，大闷并不笨，只不过是性格内向一些罢了。

不善言辞，有时候是很容易抹杀一个人的。

大闷除了嘴笨，性子闷，手脚倒是相当发达。他在四年级时就能双手各提一桶水，这在当时的男生里是少有的；他还能像猴子一样爬到树上，再从树上爬到房上，最后勇敢地跳下来。那年，大概是1990年前后吧，村里刚通了电，大家都在传说着“电”的可怕。大闷走到后院里，竟然敢伸手去抓飘荡的线头。“电”把他击出去三米多远，摔在土堆上。这是他亲口告诉我的，我还看了他后脑勺上摔起的包。

我们去邻村上初中，那条三四里远的上学路，我们经常一起走。路边的池塘啦、树林啦、田野啦、村庄啦，美得像风景画一样。野花一开，蝴蝶就开始翩翩起舞，青蛙也开始呱呱地叫。可是天会突然阴过来，不过也不要紧，噼里啪啦一阵急雨过后，空气反而更清新。最要命的是雨还没有下，闷热的空气简直要把人闷死，到处湿漉漉的，令人很是不爽。走在路上，裤子都贴到肉上去。更可气的是到处都是蜻蜓，苍蝇似的乱飞，简直像在举行盛大的篝火晚会。再小一些的时候，我们会拿一把大扫帚，跑到院子里扑击它们。我能一下子扑到五六只，大闷能扑到十只。我们曾认真数过。现在已经是中学生了，我们不屑于那样做。

“我要抽它们，用柳条抽。”就这样走着，大闷忽然赌气似的说。

我笑了。蜻蜓虽然密集，却是善飞的昆虫，抽到是不可能的。大闷看了一眼我不屑的笑容，没有说话。

走到池塘尽头的柳树林子，大闷径直去路旁折了一根柳条，照直了眼前的蜻蜓，唰地一鞭。结果如我所料，蜻蜓摆了一摆翅膀，飞走了。大闷苦笑着摇了摇头。我们哈哈大笑起来。

那年夏天的阴雨没完没了。有一天傍晚，大概过了有一两个月了吧，又是雨后初晴。我们再次走过池塘尽头的柳林。大闷这次叫住我。他自信地站在那里，手执柳条，目视飞过的蜻蜓。突然，运臂如风，唰地一鞭，一只蜻蜓应声落地。紧接着，唰唰数鞭，数只蜻蜓落地。那手随意挥洒，蜻蜓纷纷坠地，有如飘零的柳絮。不可思议的事情发生了，而且就在眼前。我惊愕不已，呆在当地。大闷那神情，活像学会了点石成金的魔法，得意地眉开眼笑。随后几天里，我软磨硬泡，讨教秘诀，希望自己也有这么一手。大闷拗不过我，他领我来到柳林，撇开大路转到树林后。那里，散落着成百上千的柳条，铺在地上，厚厚的一层。这些，都是大闷折来“练功”用的。

说起大闷三年的初中生活，并不都是默默无闻。有一件事倒是人尽皆知。不过，他是作为配角出现的。

当时我们的班长，是更远的一个村子里的孩子。他留了一级，年龄比我们略大，长得魁梧，学习和为人都好。重要的是他很有领导才能，且能严格要求自己，这样在班里号召力是很高的。就是这样一个人，竟与大闷干了一仗。原因不甚明了。看来相处得久了，再老实的好人也可能和别人有个小摩擦。他们是前后桌，这样就可以理解了。

过程是这样的，我们在上自习课。自习嘛，大家都闹哄哄的，教室里像菜市场。那时候不像现在，老师管得不严，自习课总是这样的。我们正在各忙各的，就听见“咚”的一声巨响。大家忙看，桌子已经掀翻了。大闷正双手摁着班长的肩膀，把他按蹲在地上。那家伙虽然高大，看来并不像大闷那样天天抽柳条子“练功”，结果只好屈居人下。不过班长毕竟当了多年班干部，还没等我们去劝架，他已经连摆双手表示罢战。一个回合结束，大闷胜利。见对方议和，大闷也就松了双手让班长起来。班长全身放松，慵懒地站起身来，忽然回头，照大闷眼窝就是一拳。

绝地反击，变生肘腋。

我们都愣住了，忘了去劝架，也忘了该喝彩还是该惊呼。可怜的大闷，被那一拳打得愣在那里，一向内向的大闷，就那样尴尬地愣在全班同学的目光里。

大闷唯一一次成为焦点人物，竟然是在这样的情况下。

事后很多年，我总在想，身强体壮的大闷，当时感到的一定不是疼痛，而是被欺骗的愤怒。当然，这只是我想的，我从没有问过他。

这场架打得如此精彩，让我们长久品评回味的同时，也让大闷深深受到伤害，他从此更加默默无闻。虽然不久班长就跟他和好如初，毕业以后班长来我们村，还约我一起专程去看望大闷。但是，事实是大闷的成绩更糟，毕业后便理所当然回家务农了。

回顾大闷的求学生涯，发生的事件当然很多，但独有这两件事让我印象深刻。我认为无论是对目标的坚执还是对人心的叵测，大闷都具备了深刻的体察。与我们这些不谙世事的毛孩子相比，那时的大闷已经成熟了。

初中毕业，大家洒泪而别，从此走上了截然不同的道路。我继续读书，听说大闷种不下地，要去济南的一个什么蓝翔技校学修摩托车。可是家里没钱，他的弟弟又辍学回到了家里。

我能想象他们那个小院子里当时的景况。老实巴交的父母披星戴月，整年忙着那几亩口粮地。即使一头黄色的普通小牛犊，他们也买不起。三间土坯房，卧室的墙上凿开一个窟窿，挂了一幅布帘子，就再也没有钱安一个门框。眼瞅着两个毛头小子一天天大起来，自行车都买不起一辆。摩托车，做梦吧。

我对那个小院子太熟悉了，就像熟悉自家的院子一样。那天和母亲聊起大闷来，母亲说，大闷回村务农的那年夏天，该给棉花打农药了。早晨起来，他的母亲小杏婶搬出一台崭新的喷雾器，让大闷去打药。他们自己常用的那台已经老旧开裂，农药顺着底座一边喷一边滴滴答答往身上流。双腿泡在药水里，皮肤就红肿刺痒。老命不值钱，儿子还是要疼的。临走，小杏婶嘱咐儿子说："正反要打透。"棉花叶子厚实，虫子喜欢藏在背面。大闷就去地里打药，碰到路过的马大胖，他们热情地打了招呼。马大胖二亩地打完药回来，看见大闷还在地头。马大胖站住看了一会儿，大闷很专注地喷药，从上往下，每一片叶子都要喷到，正反两面都要喷到。药水像他的汗水，顺着棉秆往下流着。

“大闷，你给棉花洗澡吗？像你这打法，一年也打不完这地。”

“大闷，语录上说，‘怕就怕“认真”二字’。认真还真吓人，哈哈哈。”

于是，我们村有了一个新流行的歇后语：大闷打药。说某后生认真过了头，就说：“真怕你像大闷打药。”

“唉！你做事要是像大闷打药就好了！你看你前几年，三天两头地换工作。东一头西一头的没个长性。”母亲喟叹道。

我以为她又会顺着这个话题，开始她千篇一律的唠叨。谁知母亲忽然悲从中来：“可怜你的小杏婶啊。殁了有十好几年了吧。”

大闷的母亲小杏婶，在大闷回村务农的五年后喝农药自杀了。

那年秋天，认真打药的大闷和父母收获了棉花。拿着卖棉花的钱，他终于踏上了去济南的客车。学成归来，又花掉了一年棉花钱，买了一辆不知道几手的摩托车。那辆车真叫一个破，但是破了好，哪儿坏了哪儿修。整车不知道被拆了多少遍，等到完全报废，大闷的修车手艺也算练出来了。

可是没有用。

村里没有摩托车供大闷来修。离市镇太远，过路车也几乎没有。到镇上去开间铺子吧，那投资对他们这种家庭来说绝对是个天文数字。修车铺开不成，种地又不挣钱。一来二去，兄弟俩的年龄也大了。十七八岁的小伙子，在农村里，就该定亲娶媳妇了。

小杏婶开始忙碌起来。年龄挨着的两兄弟，一晃几年错过了定亲时机，就会被剩下的。她串东家走西家，央告一切碰到的熟人。

“给我家大闷说个媳妇吧。”

“大闷小闷，给哪个说都行。”

可是她的努力是徒劳的。本村的姑娘都争着往大地方远嫁，好逃离这个偏僻的穷窝；外村的姑娘偶尔有意的，找人一打听也泄了气。

“穷得那样，还说媳妇？”

“爹娘都无用，孩子也不窜脱（机灵），到老都是受罪的命，就死了这份心吧。”

小杏婶绝望了，她开始变得唠叨。有时候走在路上，随便碰到一个人。别人说：“下地啊。”她说：“啊，下地。哎，你给大闷说个媳妇吧。”有时候在田里干活，碰到地邻也在一垄垄地来回忙活。擦身而过的时候，别人说：“天真旱呢，秋庄稼怕是出不齐。”她说：“是啊，出不齐。哎，你给大闷说个媳妇吧。”

“你都跟我说了几十遍了。”那人笑着回答她。

“你都跟我说了几十遍了。”以后，几乎所有人都那样回答她。

她已经不再尴尬，不再脸红，嘴里不知道嘟哝一句什么。

时光走入公元1999年的8月，时年二十二岁的大龄青年大闷正在地里干着农活。他吃不下苦的弟弟小闷正约了几个游手好闲的家伙在大荒洼里逮兔子。他们焦虑的母亲小杏婶一如既往地走过村街。村里要修路了，说是市里拨款，搞"村村通"工程。这天大的喜讯搅得村里人心浮动，尘土飞扬。

小杏婶迎面碰上赶着毛驴车的马大胖。马大胖媳妇的弟弟给乡长开车，于是他承包了村里的土方工程。本来说雇拖拉机的，他为了省钱就赶着自家的毛驴车运起了土方。结果延误了工期，刚刚受到乡里领导的批评。

小杏婶说："大胖，忙啊。"

"嗯。"马大胖着急赶路，无心搭讪。

不想小杏婶却站住了："大胖，你给我家大闷……"

"说个媳妇吧，小杏啊，你都跟我说了几十遍了。"

"不是，我听说，你媳妇娘家不是有个放到二十岁的老闺女吗？说是腿脚不太好？"

"腿脚不好，腿脚不好人家也在乡镇上，人家能跟你家啊？"马大胖觉得受了侮辱，猛地把驴拉住，恶声恶气地嚷嚷起来："你拿啥娶媳妇？你家穷得叮当响，你拿啥娶媳妇！"

"做梦！"马大胖挥鞭而去。

小杏婶呆在当地。

小杏婶的尸体是大闷发现的。他回家的时候，小闷和父亲还都没有回来。大闷推开门，一下子看见倒在地上的母亲，旁边是一个空空的农药瓶。那是昨天下午打剩的半瓶残药。临死，她也没舍得糟蹋一瓶新药。一瓶药二十多块钱呢。

大闷抱着她的母亲。这二十岁的小伙抱着他母亲的尸首，就那样站在院子里等人回来。我不知道我的老同学那一刻在想什么。有人路过，有人看见，有人进来，有人询问，噩耗像风一样传遍村庄，人越聚越多。

“这傻孩子，不知道哭。”

人们觉得大闷应该号啕大哭，为此开始议论纷纷。

大闷抱着母亲乌青的尸体，始终一动不动。直到父亲回来，卫哲爷也驾到，开始分派人手，安置火化，搭建灵棚。大闷一直也没有哭。

葬了母亲的大闷开始有了变化。他逢人会站住，笑一笑，递上根烟，扯几句闲篇。家里缺了女人，院子怎么收拾也觉得乱。三个光棍嘛。不过大闷的衣服倒是洗得干干净净，每天穿出来新崭崭的。收罢了秋，卖了棉花，人们开始东游西逛串门子，准备猫冬。大闷忽然又有惊人之举。轰轰的马达声把闲人们都聚到他的小院子里来。大闷又花掉了一年的棉花钱，买了一辆二手的拖拉机。

经过一冬的操练，春耕的时候，大闷的拖拉机已经把农活干得有模有样。自己家的地种完了，他又去帮忙。别人帮忙是算工钱的，他不要。这就让人很不好意思。淳朴的乡亲们都搓着双手说：“大闷啊，你买油也花钱啊。”

“那几个钱算啥。”大闷总是慷慨地挥挥手。

春地种完了又收麦子，麦子入了场院又碾场。拖拉机就是好，比牛拉碌碡快多了。终于在一次停歇喝水的时候，无以为报的胖婶说：“大闷啊，给你说个媳妇呗。”

大闷的脸红了：“我名声不好，嘴笨，娘还死得难听。”

“那怕啥，再说了，姑娘名声也不好，在城里的饭店干过。人家娘可说了，只是端盘子。你要不嫌……”

“婶，我不嫌。”

“那定个日子相看相看？”

“日子让人家定吧。”

相亲的日子到了。大闷穿戴一新，借了一辆新车，驮着胖婶去了镇上。一老一少欢欢喜喜，路上胖婶嘱咐着大闷见面礼仪，规矩简直比外交官还要多。

对胖婶的嘱咐，大闷用心听着，频频点头，不敢错了一步。待进得门来，女方家里人迎住，寒暄落座。问起姑娘，不料女方却说姑娘不在，“哎呀真不凑巧，她串门去了。”

胖婶登时变了脸色：“说好的事，这不是耍人嘛！”

胖婶拉起大闷就要走。大闷踟蹰着。女方的娘赶紧过来拦挡。一时门里屋外都乱哄哄的。恰在这时，姑娘的弟弟推着一辆摩托车走进院子。

“娘，二哥家的车让我骑坏了，咋办啊？”小伙子都快急哭了。

事情就在这时出现了转机。大闷挣开胖婶的手，几步走到摩托车前，掰过来看一看，随后挽起新衣服的袖子，回身对那孩子说："给我找把扳子来。"

姑娘是故意躲出去的。她在城里谈了一个对象，是个白白静静的南方人，很秀气。可是知人知面不知心，那家伙原来是有老婆的，出来打工就隐瞒了。现在见事情败露，索性一不做二不休，卷了她的钱干脆失踪。回到家来，爹娘想赶快把她嫁出去，可是乡里人重名声，好小伙子都有顾虑，粗鄙的她又看不上。一来二去，她也相亲相烦了。今天一说又要相亲，就和母亲吵了一架，躲出去找小姐妹玩了。

看着天近晌午，估计人早就走了，她信步往回走。一进院门，当头看见一个男子，身材高大，长相敦厚，胡茬刮得干干净净，新衣服上沾满了油，阳光照着他棱角分明的脸和面前擦得锃亮的摩托车。这时她母亲出来了，正挓挲着双手朝那小伙子高声大嗓地嚷嚷着："看看，多亏了你呀，小伙子真有本事。这样，中午不能走，我去饭店里定了菜，让家里你叔陪你喝两盅。咦，车咋还这么干净了？"

"我看有自来水，就顺便擦了一遍。"大闷憨厚地笑着，猛抬头，看见了门口俏丽的姑娘，不禁呆住了。

大闷结婚了。新娘子的漂亮震惊了整个小村。带来更大冲击力的还在后面。镇上的姑娘不仅下嫁小村，彩礼还一分没要。姑娘说了："就是图个人实在。"与此同时，媒人胖婶也坚决退回了大闷的红包。胖婶说："我还要随份子呢。"用燕子爹的话说，大闷是傻人有傻福，一分钱没花白捡个媳妇。念起大闷平日的好，乡亲们不光都随了份子，女人们还都过来帮着操持。喜酒摆了两长桌。那喜庆劲儿比家口大的人家还要有排面。

婚礼上，大闷喝了酒。新郎其实是不必喝的。小闷往酒杯里倒了白水，好让哥哥应付下场面来。大闷又把酒瓶拿过来换上。大闷的脸红通通的了，开口就有了酒气。大闷端着盛满货真价实的白酒的酒杯，回敬着人们的祝福，嘴里反复念叨着："都能说上媳妇，都能说上，都能。"

人们都说大闷醉了，都劝他回去休息，他还是坚持敬完。到我身边时，他闷下一大口，忽然小声说："这几天你别急着走，我找你还有事。"

这是2001年的冬天，临近年关，出门在外的年轻人纷纷回来了，村里比往常热闹了许多。这一两年，半大孩子都在家待不住了。从夏到秋，地里难得见个年轻人。我回来这几天，就有很多小伙子来问我城里的机会，甚至他们的父母也来探问。我因势在家多逗留几天，拜访一下本家长辈。

一天下午，我正在胖叔屋里喝茶，一边听他唠叨着催促我的婚事。大闷走了进来。

"新郎官不在家守着媳妇，咋出来了？"我逗他。

"这不正找你。"他笑着，慢吞吞摸出烟来，给胖叔点上。

"找我？"我觉得奇怪，想起婚宴上的话，就站起来和他回家。

我们一起走过村街，这里曾经是我们的乐园，我对此魂牵梦绕，不过对于从没离开过的大闷而言，他可能早就烦透了。

一路上他向我描绘了自己的宏大计划，我听得云里雾里。到家门口，他站住，问我："你听明白了吗？"

"不就是帮你贷款吗？你说的总共也没几个钱，就万儿八千的事儿，我借给你不就完了吗？"

"不。我只贷款，不借亲戚朋友的钱。再说了，你还没结婚呢，手底下用钱的事也多。"

我本想告诉大闷，我不着急结婚。想想又算了，说了也是白说。我们对感情的追求不一样，他不会懂的。

这就是大闷，不愿牵连任何人。

年后回去，我找了在信用社里工作的一个高中同学。事情很顺利。到春雷滚过大地的二月里，大闷在镇上的摩托车维修部就开张了。从此，小闷和父亲侍弄地里，大闷就住到了镇子上。这间小铺子，正对着南北的大路，门口搭了棚子做车间，屋里放零件，角上搭一块板就是大闷的床。我劝他弄得好一点，他用沾满了黄油的手点一根烟叼在嘴上，说："弄那干啥，这不挺好，我把贷的这一万块钱，都花在了刀刃上。"

从此大闷开始了他的奋斗生涯。有时候活计忙，媳妇就从娘家把饭送过来。农忙的时候走不开，媳妇就回村帮着收麦子。那么俏丽的人儿，在打谷场上，能把笨重的拖拉机开得快要飞起来。上车地里，下车家里，这里里外外真是一把好手啊。小闷曾自豪地说："我洗把脸的工夫，嫂子就把饺子包好了。”

可惜我工作越来越忙，自顾不暇，也就关心不上大闷的事。好在大闷再没有麻烦过我。于是我们两个各忙各的，也就不再见面。

日复一日，年复一年，一晃竟然十几年过去了。我把父母都接到了城里，纵然回老家，也是来去匆匆。我心里时常念着大闷，想着随时回去见个面，有时候倒是也有空，但临到动身，又觉得也没有什么要紧事，终究还是拖了下来。只在老家人零星的转述里，知道大闷第二年就还清了贷款。过了两年，在村里又买了一处院子，给弟弟娶了媳妇。前年，由大闷媳妇的娘家牵线，他又掏钱给老父亲续了一房女人。大闷终日在那个临街的铺子里挥汗如雨，终于实现了他的誓言。说起大闷，人们都要啧啧称赞一番，有的人说：“三个光棍，这不都娶上媳妇了。”还有的人说：“眼看要散了的

一家子，成了三户人家了，日子都红红火火的。”末了像忽然想起什么，添一句：“就是可怜了小杏啊。”

大闷的事业没有停止。后来，他租下了临街的六间房子。三间打通了，开始销售电动自行车，由他的媳妇掌管；另外三间，装修成全镇最大的汽车修理中心，雇了伙计，聘了师傅，摩托车、面包车、拖拉机、小汽车，全能修，都有配件；还代理了一个电动汽车的品牌在卖汽车呢。现在的大闷，已经是镇上有头有脸的人物了。

我离开那个乡村中学已经二十多年了。今年春天有同学组织聚会，许多久未谋面的人终于又聚在了一起。席间自然是谈笑风生，已为人母的女同学们也都笑得嘎嘎乱响。

我去得晚了。笑闹一阵以后，我惊奇地发现，坐在女同学身边笑闹的，竟然也有大闷。大闷自信地坐在那里，面带微笑，朝我举了举杯子。

我的同桌叫小方

我去县城读高中的时候，有两首歌开始在华夏大地上流行。一首是老狼的《同桌的你》，一首是李春波的《小芳》。

“村里有个姑娘叫小芳，长得好看又善良。”

就在满大街的歌声里，我迎来了新同桌小方。这小方却是个五大三粗的男生，长着一张肉包子脸，终日傻乎乎地笑着。他家所在的村离我们那儿隔着十几个村子，也是这块退海之地上长大的孩子。他调座位的原因也可笑，是来凑数的。那个年代学生多，大班多达六七十人。密密麻麻的桌椅，从教室中间往后就看不清黑板上的字了。看不清就干脆不看，我们乐得聊天。我的前任同桌海峰调到前排用功去了，小方就过来填补空缺。

但是小方很乐观，他对我这个新同桌很感兴趣，觉得我学习还不错，就百般讨好我，一定要我说出什么秘籍。总之那时候，他特别信这个。每天倒腾，把桌洞里的东西轮流整理归类，梦想着成绩一下子好上去。其实照我看，小方本人非常聪明，他就是不安分，精力旺盛太活跃，满脑子都是对这世界的好奇。要是像苦行僧一样心无旁骛，他的成绩早上去了。

恰在此时，从胜利油田转学来了一个插班生。她是个女孩，坐在了第一排中间的位置，叫杨什么，我也记不清了。当然就是想起来我也不敢说，人家现在是正儿八经的处级干部，还是为尊者讳吧。且说那时候，这小女孩穿着时髦的连衣裙，讲一口标准的普通话，长得高挑白皙，圆圆的脸蛋上一双水汪汪的大眼睛显得无助又无畏，现在来说就是超萌。不知怎么，隔着偌大的教室，这女孩一下就把后排的小方给“电”到了。

时隔这么多年，我一想起这事就乐不可支。原因是在我眼里小方本身就超萌，虎头虎脑没一刻安闲。这样两个幼儿园大班的小朋友，居然能够起化学反应，真是我们这些当时都在奢望爱情的人所不敢想的。

小方开始积极追求。他追求的方式就是把自己的相思报告给所有人，让大家都来帮他想办法。我们教室后排管理松懈，本来就聚集了无数的闲汉，几乎每个人都成了小方的倾诉对象。后来发展到课间最重要的娱乐就是围拢到一起听小方讲他的单相思，甚至原来互为仇雠的同学也尽释前嫌。大家亲密友好地围拢到小方周围，虽然帮不上什么忙，但是小方一点也不埋怨。那一段时间大家亲如兄弟，其乐融融。小方的单相思成为我们团结友爱的强力纽带。可怜前排那无辜的女孩，还一无所知，我估计她甚至都不认识这个叫小方的黑小子。

终于有一天，上午大课间的时候，围在后排的一群人哄然叫好，就像马蜂窝从中间炸开，大家开始噼里啪啦起哄鼓掌。小方站起了身，抬头仰望黑板方向，大声唱了起来："依稀往梦似曾见，心内波澜现……"这是 1984 年版电视剧《射雕英雄传》的主题曲《铁血丹心》。原来准备好的表白也忘了说，直接就开唱。不知道是哪个愣头青给出的馊主意，竟然选了这么一首歌。那歌声就像嚎叫，真是声振屋瓦。这场面太突兀，惊得前排的同学都纷纷回头，不知道发生了什么事，仿佛看见了外星人。就连隔壁班的学生都跑到走廊上趴着我们班的窗子看热闹，黑压压像一排鸟。他们一定以为有人打起来了。

到现在，小方那毫无旋律的歌声还经常回荡在我耳畔。我到 KTV 就喜欢点这首老歌，还总是觉得原唱走了调。

小方那时候就是我们的话题，小方的一举一动都是新闻事件。不曾想升入高三我们却分开了，原因是学校为了升学率强行推出"快慢班"制度。这个临时抱佛脚的馊主意，就是把每班前十七名抽出来组成一个新班，老师、同学们互相都不了解。老师加快教材讲解进度，挤出的时间再回头来复习。同学们都蒙圈了。小方和我本来都进入了快班，他坚持了三周，坚决要求调到慢班去，理由是跟不上快班的节奏，还是让他"自生自灭"的好。这次轮到班主任像看外星人，因为他正忙着拒绝各式各样的人情，都是要求调到快班来的。在别人眼里，好像快班真有什么秘籍，进了快班一只脚就跨入了大学校门。

从班主任到教导主任，没有人敢做主，这是公然逆潮流而动。最终小方找到了校长。这个十七岁的大男孩，尽管激动得磕磕巴巴，还是遂了心愿。

“校长让我自主复习。”小方开心地收拾着书包，没有半分别离的不舍。小方开始清楚自己想要什么。我们心里隐隐觉得他是对的，因为学习不是集团作战，毕竟个人有个人的具体情况，而且我们也都快被拖死了，但是没有勇气抗争。后来的高考成绩帮我们证明了这一点。慢班的小方异军突起，去天津读了大学。整个快班集体遭遇滑铁卢。

这没准是哪位校领导从外边学来的宝贵经验，但是早早显露出了它的弊端。我们那个县城中学，就实行了这一届，第二年“快慢班”制度就取消了。小方作为个例起到了明显的对比作用。

毕业后大家就各奔东西。大多数同学都是在一个单位里日复一日，积累着升迁。听说小方老是换工作，这些年都已经换了七八个城市。今年春天我在合肥开会，碰到一群相关行业的资深人士，聊到这个名字，一个人瞪大了眼睛，“你是说LY的方副总？啊呀呀，相当好，相当有能力，我昨天刚跟他碰过面，我从上海飞合肥，他飞成都，我们在机场吃的饭。”

我急忙问他近况。

“他呀，现在可厉害了，大权在握，哈哈哈……”

于是我耳边，又响起那响遏行云的歌声：“……相伴到天边，逐草四方沙漠苍茫……”

海 峰

我记不清那天晚上来回走了多少趟，好像是五趟吧，也可能是六趟。从我们村到海峰他们村，这条上学时走熟了的路，大概有三四里。我只记得最后一次走到他家村头的桥上，我们又倚着栏杆说了很久的话。后半夜了，月亮已经挂在天心，路上像铺了一层霜。这是我第一次看见月色下冬夜里的乡村，竟然温润晶莹，如同美玉。

那是 1997 年，在我们大一的寒假里，我们两个大老爷们冬夜里轧马路。

那天晚上，海峰挑帘走进来的时候，我正倚在炕沿上，看着电视扒棉桃，和父亲有一搭没一搭地说话。我们这里收了秋，就把棉柴拉回家里来，那些尚未开放的棉花桃子，节俭的农民也不舍得丢弃，就要拽下来，留着在漫长的冬夜里慢慢地扒开，也能扒出几十斤棉花。

父亲看见进来的是他，就开了一阵玩笑。海峰也在炕沿上坐下来，叔长叔短地闹了一阵，就扯着我走。他坐不住，我们同学里面，数他最能四处跑。

我们从晚上8点一直走到凌晨2点，好像当时有许多重要的问题迫切需要相互交流。

海峰姓王，邻村的，他和我同学6年。1991年秋天，初一开学，我就对这个瘦弱的“小豆芽”没有好感。他长着一颗枣核样的小脑袋，肤色黑黑的，笑起来愈发显得尖嘴猴腮。可是他有惊人的能量，十分活跃，整天闹得鸡飞狗跳。到了暑假里，这个黑小子竟然想找人揍我，原因是他认为小学时期最漂亮的女同学杨雪莲现在喜欢我了。他有地理优势，初中就设在他们村，而我是邻村考过去的。杨雪莲真是漂亮，戴上一顶橘红色的圆边帽，就像电视剧《青青河边草》里的女主角小草，在我们那么偏僻的乡下，绝对是一道亮丽的风景。而我是新生入学考试的第一名，我这个第一名是全乡的。全乡第二名也在我们班，叫秦玲玲。我的总分是257分，秦玲玲的总分是232分，第三名开始都在210分以下了。由此可知我的骄傲程度，能入我法眼的，也只有这个秦同学了。至于那杨雪莲，只是在流行互送明信片的时候，隔着好几排座位，她传过来一张印着明星李克勤写真照片的明信片让我签。我记得写了两句：“你是天山上的雪莲，高贵而明艳”。当时我已读了不少课外书，这类酸句是信手拈来。我故意把字写得好看一点，盼望能被杨雪莲的同桌看到。那个叫丁倩的女生，穿着很洋气，长得有一种妖娆华丽的美。

总体来说我跟杨雪莲毫无交集，丁倩也很快转学，关键是人家杨同学对海峰从没有正眼瞧过，天知道他哪里来的自信。

到了初二，座位大调整，我们六个男生一下子坐在了一起。六个男生在一起，还有什么事干不出来？上数学课，我把两肘按着课桌专心听讲，小德和国华在桌下勾我的脚向两边拉。少年的力气之大，连桌子都撑不住咯嘣嘣地响。海峰坐我身后，旁边是洪波和海防。我们结成了六兄弟，我跟海峰的友情就是在那时建立起来的。到毕业的时候，海峰还让我写一篇文章来纪念这段友谊。我在中考前夕，花了两天时间，冥思苦想，写成一篇文章《祝你扬帆远航》，工工整整抄录在他的毕业留言册上。

初三我们又调位了，这次我和海峰隔邻而坐，中间是一个女生，就是那入学考试成绩第二名的秦玲玲。有一天，就是我用雨鞋甩泥巴打碎教室玻璃后的第二天，班主任气呼呼地走进来，问大家谁知道海峰家的住址，他要去家访。原来海峰准备辍学了，他告诉老师自己不愿意念书了，要下大荒洼去放羊。同学们都大吃一惊，因为他的成绩还可以，应该算上游吧。尽管每年能考上中专和高中的学生寥寥无几，但也应该拼一下。他家经济条件尚可，前面三个姐姐，断不至于如此缺钱。

后来知道，他闹着辍学是另有隐情。

当时，大家议论纷纷，我却一点儿也没有注意，因为我表面上虽然正襟危坐，其实所有的注意力都在腿上。我正全神贯注地感受着来自腿上的温热——秦玲玲的腿在桌子下面与我的腿紧紧挨在一起，谁也没有挪动。

秦玲玲表现得若无其事，我觉得她肯定是装的。日复一日，我们的腿都贴在一起，紧紧的，那温热就从衣服下柔软年轻的肌肤上传导过来，让我欲罢不能。但是表面上，我们相互疏离甚至冷漠。直到有一天，就是海峰辍学的前一天，天下大雨，我的雨鞋上沾满了泥巴。我站在教室前面的土院子里，一时恶作剧，把泥巴甩向墙壁上，成漫天花雨状。泥巴越甩越多，我很兴奋，一个大力抽射，“啪”——窗户玻璃破了。这可不得了，在1993年的乡下，玻璃金贵着呢，我们家就是刚换了玻璃窗，原来都是用油纸糊的木格子窗户。我拔腿就跑，回家看父母都下地了，就用钳子把自家窗户玻璃卸下来，扛到教室来换上，然后在全班同学的惊愕目光里狼狈地回到座位上。我的好学生人设碎了一地。

在我落座的时候，秦玲玲却侧过身来，朝我妩媚一笑，那眼里是满满的爱意，仿佛在寒冷的冬天递过来一捧火，我的心瞬间融化得一塌糊涂。这时在我的奶白色笔记本上——我一直摊开在我们桌子中间——我发现了一行字。

那个皮本子是我小学三年级获得全县数学竞赛一等奖的奖品，我倍加珍视，一直不舍得用。只是摊开着，记一些自认为很美的句子，像“林花谢了春红，太匆匆”之类，也不知是谁写的流行歌词。

就在那天，在那个本子摊开的那一页的反面，写着一行字：“你的过去，我来不及参加，但愿你的未来都有我的存在。”

字体刚劲，我内心一阵狂喜，这一定是秦玲玲写给我的。秦玲玲的字像男孩子写的，刚劲有力。

我怎么办？我的脑海里正在“咕嘟咕嘟”冒着幸福的泡泡，脑筋实在转不动圈。我生怕旁人看见，洞悉了一个少年不为人知的秘密。

我把本子藏了起来。

1994 年，我们班有七个人考上了高中，这是那所初中历史上最高的升学人数，其中也有海峰。他是委培生，多拿了三千元。我们不知道，一场全国范围的扩招大幕已徐徐拉开。杨雪莲和秦玲玲都选择了复读，第二年去考中专。那时候中专余威犹在，比考高中难多了。

高中一入学，我和海峰做同桌。他的交际天赋展露出来，迅速认识了很多的人。融入浩浩荡荡的人群，他感觉很安全，认为不会挨欺负。我却不喜这些人际交往，觉得没有时间看闲书。在高中校门口的书摊上，我花六元钱买了一册《唐诗三百首》，一册《宋词三百首》，满心欢喜地看了一个中午，终于知道了那“流行歌词”的作者是李后主。

海峰“纠集”了一个饭搭子，核心成员有四人，分别是我们俩加上王世忠和王国利，还有经常客串的社哥、胖子、老吴等人，当然后期也有变动，分分合合，但是我们“四大天王”（胖子说是“四大饭王”）的友谊却是从那时结下的。

有一个回忆至今的段子，有一天社哥在碗里发现了一块肉，海峰说：“你不能这么吃。”要知道五毛钱的白菜里发现肉的概率约等于零，海峰说：“你这么吃掉对大家不公平，毕竟我们是吃一碗菜。”

“那怎么吃？”

“这样，我用勺子端着喂给你吃，这才显得相亲相爱嘛。”

大家哈哈笑着，看海峰颤巍巍地用勺子端肉往社哥嘴里送。快到嘴边时，勺子忽然闪电般缩回来，进了海峰自己的嘴里。海峰回头就跑，社哥拔腿就追，海峰边跑边笑，社哥咬牙切齿，他们围着大食堂跑了一圈，胖子说：“别追了，肉早烂了变成那啥了。”

海峰和我同桌没有做长久。我们后排渐成聊天中心，有一天老师忽然把他调到前面去了，理由是他看不清黑板。多年以后我才知道，他早有预谋，找了班主任多次。

高考我兵败滑铁卢，只考取了一个三流专科。海峰没考上，但他去找了父亲的一个老战友，进入了本地的职业学院，又不知怎么运作的，竟然调剂到师资班，毕业后分配到乡镇中学去做老师，成为一名有正式编制的事业单位人员。

我们在那个月光如水的夜晚交流了什么，现在已经记不清了。回过头来看，我那时只是醉心于爬了山、看了海，认识了美丽的校园和如花的女同学，还有图书馆里读不尽的藏书，对前路和未来一无所念。而海峰已经忙着“拉帮结派”，发型梳成电影《古惑仔》里的浩南哥那样，人陡然就帅了起来，开始在系里“横行”，并且有了一位端庄温柔的女朋友。

这女生叫崔凤琴，我见过一次，是在毕业前的寒假里。

她脸如银盆，落落大方。那次我打算去本市电视台实习，敲门砖是大学里发表的几篇“豆腐块儿”。海峰陪着我，因为市电视台就在他学校附近，说让崔凤琴也试试。我没有成功，回了学校，后来听说崔凤琴反倒是进去了，待了两个月，可惜也不能转正。海峰回乡镇教书，她就留在市里，忘了是干销售还是收银员，反正是此类的职业。海峰每周跑市里去看她，他们还一起租了“爱巢”，在一个破破烂烂的城中村里。那里我没去过，那时候我四处找工作，端盘子，下车间，忙得不亦乐乎。多年以后我跟海峰走过那个城中村，那里已经拆迁，变成了一片高楼。他踩着坚硬的大地说：“我和崔凤琴还在这里住过。”说着眼圈红了。

崔凤琴应该也去过海峰教学的乡镇中学。多年后我们一起喝酒，王世忠说他记得崔凤琴在学校门口开小超市，说房子是租的老百姓的农家院。王世忠对崔凤琴念念不忘，说她真是一个好女人，大学期间就曾跟随海峰回老家掰玉米。“这样的好女人跟了海峰这个人渣真是瞎了。”说得我们都笑。王世忠是品学兼优的好学生，篮球打得好，字也写得好，性格又好，又有文采，这样的男生简直是女同学“杀手”。高中时有个女生爱他爱得死去活来，可落花有意，他却流水无情，气得海峰打了他一耳光。为这事他念叨海峰二十年，海峰总是笑着说是自己喝醉了。这次他们旧事重提，对词儿对到精彩处，忽然想起来那天吃的是包子，喝的是白开水。

王世忠不爱那女生，那女生很伤心；海峰爱而不得，看见美人伤心就更伤心，所以好兄弟也要抽耳光。现在这个崔凤琴，王世忠是真喜欢，对他们的分手尤其忍不了，骂海峰狼心狗肺，海峰说是是是，一副任人宰割的样子。

酒宴继续进行。啤酒不够了，找不到起子，胖子让海峰用牙咬开。

“你不是吃过一个杯子吗？你忘了？”

那年海峰和崔凤琴分手，桥归桥、路归路；城归城、乡归乡。崔凤琴找了一个油田工人，海峰去找胖子喝闷酒，喝醉了，用牙咬碎了一个玻璃酒杯，哭得稀里哗啦。

“那时候牙口真好啊。”海峰笑着说。

2002年暑假，海峰来县城里找我玩，骑着一辆钱江摩托，穿着牛仔裤。我知道这摩托车是他的“脚”，他这几年周末里四处游荡，是联系同学们最勤的一个。当然，他也骑着它去家访，我们村的志远就是被他苦口婆心劝回学校里的，用的就是班主任当年劝他的那一套词儿。那天我正好遭遇“两失”，一是失业了，二是失恋了。我穿一件灰白的大裤衩子，一脸丧气地陪他溜达到中心广场，遇到了一位在律师事务所工作的美女。彼此一聊，分外投机，“革命人永远是年轻”，我们一起奔赴她的单位。通过资深律师的开导，我想想土里刨食的父母，想想渺不可及的理想，决定忍下一时的委屈，不再意气用事，第二天继续上班当工人。他们俩则通过笨重的老式手机，发展成恋人关系，时隔三月又告吹。那女孩来找我，说她怎样和父母大吵一架，一心一意要下嫁到乡镇上去。坐上班车去远方，去找心爱的情郎，可他却当了爱情的逃兵，劝她说：“安心回去上班吧，要听父母的话，好工作不易，咱们不合适。”

“这条伤心之路我永远不会再走第二遍了，你们乡镇我永远不会再去了。”这么说的时候，女孩的眼还肿得像桃子一样。

“我就是想不通他到底为什么。我长得不漂亮吗？我工作不好吗？”

我沉吟良久，试探着帮她分析：“海峰身居乡镇，可能是自卑吧。”

那女孩幽怨地看了我一眼，说：“你穿牛仔裤其实也挺帅的。”我如果乘势追击，也许会当场把她拿下，毕竟女人在伤心的时候是最需要安慰的。但我还没有从失恋中走出来，说实话，还有点儿恍惚。

我在县城当了工人以后，再次遇见了老同学秦玲玲。那天我去教育局报名自学考试，骑车在路上走。看见前面一条蓝裙子，骑一辆小轮自行车，优雅漂亮。我不顾顶头风紧蹬慢赶。就在擦肩而过的时候，我狠狠剜了对方一眼，不禁惊叫出来。真是女大十八变，秦玲玲出落得更有气质了。我们相见甚欢，诉说着这些年的惦念，互相留了手机号码。我又约她去吃饭、逛街，彼此的眼神里都是满满的情意。在商场她给我买了一个钱包，我激动地邀请她去黄河大坝上玩。大坝就在这县城边上，视野开阔、灯火稀少，最利于谈情说爱。

我载着她冲下坝去，她紧搂着我的腰尖叫。在月光下散步，我就向她表白了。情到浓时，我紧抱住她，把她挤压在树干上。她也不恼，只是说："哎呀！我的裙子！"

后来我们正儿八经谈起了恋爱，她在乡镇上班，来一趟县城不容易。我们聊到很晚，回忆起甜蜜的同桌时代，那腿上的余温犹在。我突然记起笔记本上的那行字，那可是证据，铁证如山。我充满幸福地回忆这件往事，向她诉说我激动的心情，我怎样呵护这本子。"看见它犹如看见了你。"

没想到她一脸茫然："什么本子？什么字？"

我确定她不是因为害羞而不愿承认，我的心中轰的一声，就像一栋大楼倒塌了一样。我忍不住翻箱倒柜地找，我手忙脚乱，却怎么也找不着那本子。其实不用找，那行字在我脑海里一直清晰。忽然，我停住了手，心像被一记重锤打了一下。

是了，那字是海峰的字。

那行字是海峰写的。

海峰的字本来我是极其熟悉的，我怎么就没想到呢？都是因为我先入为主了，压根儿没想到别人身上去。

一定是海峰把那奶白色笔记本当成秦玲玲的了，他少年慕艾，大胆表露心迹，为此不惜退学，而秦玲玲压根儿就没看到。

我实在不愿意接受这个事实，又不想说清楚，替海峰来做嫁衣，第二天我还是郑重地提出了分手。秦玲玲哭得梨花带雨，后来她跟女同学发誓说，她一定要嫁一个县城的，就找我们工厂的，她一定要嫁到城里来。在她心里，压根儿就不相信什么本子之类的屁话。

海峰后来倒是谈了一个考到城里来的。那女生比他小，在乡镇幼儿园哄孩子。县城新建幼儿园招收老师，海峰鼓励她报考，真考上了他又提出分手。女生不愿意，女生不怕异地恋，海峰表示不愿意拖累人家。

“他还是忘不了崔凤琴。”王世忠断言。为了显示自己的判断抓住了真理，他豪爽地端起果汁一饮而尽。年近四十，王世忠成为“民间养生专家”，已经戒酒两年了。胖子幽幽地说：“是你忘不了吧？”

海峰在2004年的春天结婚，对象是年前腊月二十八认识的。当时王大爷说，找不上媳妇不让他进家门过年。

“过完年你都二十七岁了。”在老人心里，这在农村是绝对难以接受的大龄青年。腊月二十八，海峰雇了一辆面包车去女方家相亲。女方家四个舅、四个姨、两个姑、三个叔，坐了一大桌子。开面包车的是我们家邻居。他后来跟我说：“你那个同学真厉害，不愧是大学生，不愧当老师，真是场面上人，围桌子打一圈，女方家没有不夸的。”当场定亲，海峰顺利进门过年。

我问海峰那天跟未来的嫂子谈了啥。

“谈啥？看看长得差不多就行了。”

女方家家境不错，安排女儿在县城打工，就是要找一个体面的在公家上班的人。定亲之前就先买了城里的楼房。海峰结婚以后，再不用挤在乡镇大院，他成了有房一族，算是住在城里的乡镇教师了。

海峰结婚那天我没能赶回去，我正在大货车上颠簸。那时候我跳槽成了销售员，押送一车货物去远方。有一个初中高我一级的女同学，分配在医院里工作，她不知通过多少人的转手消息，终于联系到了我。她骑了很长时间的自行车来工厂看我，听说我要出差，她就想搭顺风车去那个城市参加同学聚会。第二天，就在堆满了脏被褥的大货车驾驶座后排，我们私订了终身。

我开始经常逗留在医院的单身职工宿舍里，享受恋爱的欢乐。有一天中午，骄阳似火，晒得蝉都不叫了。海峰打我手机，我不耐烦地说："你不午睡呀？"他说："睡什么睡？快出来帮忙。"原来他陪着丈母娘来送礼，丈母娘家生意被一个小官儿卡住，那小官儿就住在医院的家属楼。他并不收钱，不过暗示家里缺一个大理石茶几。于是这厮拖我一起来当搬运工。

石茶几太沉了，我们俩汗出如雨，嘴几乎啃到楼梯上，回身看海峰的丈母娘扭着肥胖的屁股，一副气定神闲的样子。

"教师算个啥，没有钱都是白扯。"这是海峰喝醉了说的话，属于早期王氏语录的一部分。现在王总身份变了，心态和境界都有很大不同。那时候的数学王老师想了各种办法改变自身的处境：竞争教导主任不成，酒后骂了校长；借调到教委当秘书，一个月后返回；谋求上调到县城里来，这边又不接收；后来他去给校长儿子当义务家教，教了两年，得以调到县城郊区的乡镇中学，虽然离家近了，但仍然是乡镇老师。

2006年，我花7200元买了一辆二手夏利车，打算做农药生意。那车估计以前是一个偷油贩子开的，开起来七扭八拐，估计长期负载，大架都变形了。海峰对此非常热心，主动陪我下乡送药，他的醉翁之意主要是想练习开车。我们两个新手晃晃悠悠开着一辆随时趴窝的破车，终日奔走在乡村公路上。

有一天回来，海峰说："我替你开会儿吧。"我也累了，就去副驾上躺着。方向盘一入手，他就兴奋起来，见车超车，一直开到北岭乡西边交警队门口。几辆大货车正在那里接受检查，旁边一辆警车待命，追赶那些企图闯关逃窜的人。那交警看了看我们的车，可能疑心是偷来的吧，鬼使神差地把牌一举，命令我们靠边停车接受检查。我一时急火攻心，要知道拉油的大货车才是他们检查的主要目标，对我们这些家用小轿车是向来不闻不问的呀。这一查，海峰无证驾驶，人家非拘留我们不可。这时车已到警官身边，海峰正在轻踩刹车，匀速停车，看见交警已让开身子，他忽然加速，一脚油门踩下去。说时迟那时快，车子一阵剧烈抖动，像一只受惊的兔子一样冲了出去。我们一路狂奔，中间下起雨来也不敢停，一直窜到邻市，才敢绕道一百多里开回来。

那辆破车关键时刻没有熄火，那辆警车也没有追，看来懒得搭理我们。

后来海峰成为一个不称职的老师，业余时间都用来做生意。他开着姐夫的吉利汽车，跟人合伙开饭店卖羊肉汤；赔了以后又和老婆租下门面卖衣服，这时候他开的车是伊兰特，赔的是丈母娘的钱；2008 年他找到一条生财之道，依托电厂制造泡沫保温板。这次他开上了奥迪。他的板厂从乡镇迁到县里再迁到市郊，规模越来越大，后来倒闭于电价上涨。

海峰一个人在楼房里修暖气，管道忽然漏了，蒸汽把他从梯子上喷了下来。他捂着头给我打电话，然后捂着头去门口拦出租车上医院。等我带着 2000 块钱赶到时，他头上已经缝了 8 针。

关键时刻，他首先想到要求救的人是我。

不过海峰的板厂还是给他带来了好运。他在市里转悠，听到一个艺术培训学校的老师要辞职，原因是跟老板吵翻了。他敏锐地觉出这是个好机会，当即挪借资金盘下铺面，把那个老师和孩子们接收下来。自此，海峰找到了属于自己的路。

搞教育并不是人人都行的。海峰懂教学，会管理，有情怀，他比迂腐老师刁钻、算计，他又比俗人善良、真诚，还相信一些叫作“理想”的东西。一句话——他就是天生的校长。

后来的日子就过得很快了。2011 年，海峰正式辞去公职，创办了尚品培训学校。2013 年，他在市里一口气开办了 4 家学校。2015 年，海峰的学校开到了 6 家，他开始进军济南市场。2016 年，他收购高峰画室组建了高考美术教育机构，聘请浙大美术教授做顾问，编制专业教材，创立真情美学工作室。2017 年，山东省内连锁机构增至 24 家，他在雄安新区注册成立教育集团，把实习基地设在白石山，业务开始辐射河北、河南。2018 年，海峰的教育集团在济南购买了一栋写字楼作为总部，同年广东学校成立，集团业务开始辐射全国。

年底的集团表彰大会上，海峰披一条红围巾隆重登场，在全场经久不息的掌声里，他从“一带一路”倡议一直讲到集团未来的规划和远景目标，目光坚定，语气沉着。

海峰和我走过城中村的时候，他已经重新邂逅了崔凤琴。

她送儿子去上培训课，碰到了海峰校长。四目相对，不胜唏嘘。这时崔凤琴开口说：“我在跑纯净水，既然你是校长，就用水票顶学费吧。”

崔凤琴不是算计的人。她的老公喝了酒跟人抢着埋单，推让之间，摔倒在路边石上，后脑勺凹进去一块，成了植物人，

已经在床上躺了两年。

在大荒洼出来的人，推让起来势同打架。到了黄河口，没把子力气是没机会结账的。

海峰开着新买的迈巴赫车去曲阜朝圣，窗外大雨滂沱，车里静谧安宁，这样的氛围最适合打开心扉。

“五十万赔偿金是我帮她跑下来的。”海峰自豪地说。

我说：“你‘收’了她吧，怪可怜的。”

“不‘收’。”海峰一副“曾经沧海难为水”的表情。他又嬉皮笑脸地说：“我现在吃斋念佛，不近女色。”

“你那是被业务逼得忙不过来。”我没好气地说。

海峰不接话。一任大雨如瀑，倾泻到车玻璃上。我快睡着了，才听见他幽幽地说：“等我挣够了钱，就回去，把村里建设成小康社区。”

他是对我说，也像是对自己说。

那声音喃喃的，犹如午夜梦寐。

那夜摸知了

海峰不再说话，他在专心开车。听着车顶上的滂沱夜雨声，我却走神了。

就在前一天晚上，我竟抛下一切，去看了一回黄河大坝上的月光。

要说忙呢事情也真多。平时的工作就不说了，那几天母亲的床腿坏了，要等着我去修理；父亲的血压还是高，药物降不下来，下了班就得陪他去通一通血管；妻子那天晚上值夜班，孩子是要我带的，那天入伏，需要热水给孩子洗澡，怕她中了暑。可是忙上加忙，下午忽然记起来，那天竟是姐姐生日，又要去订蛋糕，去调肉馅，预备给母亲包饺子用。唉！

就在这一通的忙乱里，我的手机忽然响了。是一个熟悉到都有点陌生的声音，说："今晚上我们去大坝摸知了吧。"

我的心"咚咚"跳起来了，我激动地回不了一句话，只会傻傻地说："好，好。"

电话挂断了，我还沉浸在那温柔的声音里。

是的，电话是秦玲玲打来的。

终于快要下班了。我一边如飞地整理着桌上杂七杂八的东西，一边在心里犹豫。今晚是有一个约会的，可我到底去不去呢？时隔这么多年，她为什么约我呢？去大坝摸知了这么浪漫的事，她为什么不和丈夫一起去呢？难道这就是“红杏出墙”？这就是“七年之痒”？那么，我该如何自处呢？如果去赴约，会不会引来家里的“地震”呢？不过，大坝可真是个好地方，那里有属于我和她的美好回忆。

我又想起我们偶遇的那一天，她穿着优雅的蓝裙子，骑着自行车，在街上翩翩驶过。我们认出了彼此，她跳下车来，是那样盈盈地笑着。我们吃饭、逛街，逛到商场，她选中一款黑色的钱包，买下来送给我，我很高兴。后来那钱包我一直用着，一直用到结婚后的好多年。

想起后来我提议说去城东的黄河大坝玩。她说好。可是怎么去呢？我骑自行车载着她。到了大坝底下，她就下来，帮我从后面推着。在坝上骑车，风吹草香，远处绿林莽莽，她坐在后座上，环佩叮当。我想这也许就是谈恋爱吧。到了一个下坡处，我说：“你抓紧，我要冲下去了。”说着就握紧车把,把心一横,车子顺着斜坡俯冲下去。自行车越驶越快，两耳风声，人像要飞起来。她吓得紧抱住我的腰，尖声叫着。我兴奋极了。到了坝底，车子又溜出去三里多地，一直溜到黄河水边才停下。

车子停下来，我们在黄河边漫步。月亮升起来，晚风吹来，黄河水咣当咣当拍着土岸。夏虫叽叽，真是如诗如画。后来就走到了一片苗林，新生的树苗刚长到两三米，挨挨挤挤，密不透风，就像一片天然的青纱帐。我们很兴奋，追打着，嬉闹着，钻进去。在一棵小树前，她停住了，背对着我。我走过去，她温热的气息弥漫过来，包围着我。当时不知道哪来的力量，我失控了一般，在后面一下子抱住她。我心里跟有万千个鼓槌敲打着一般，我慌乱得不知所措。她侧过头来，就在那一刹那，我俯身在她脸颊上轻轻一吻，然后就掉头跑出林子，像是一个小偷，偷了人家的珍宝，被人追着一般。后来，她慢慢走出来，我始终不敢看她的眼睛。奇怪，她倒是没有责骂我，只是不吭声。

那是什么年代啊！要知道，那时候走在小城的街上，连个互相牵着手的人都没有呢。

后来，在那样撩人的月光下，我们不知怎的，就慢慢依偎在一起。情到浓时，我就把她挤压在树干上了。她也不恼，只说："哎呀！我的裙子！"

想到这里，我下定了决心。我三两下收拾好东西，叮嘱同事锁门，又去接孩子。在路上买蛋糕和肉馅，顺便买上父亲的降压药和母亲的钉子，然后去吃姐姐的生日晚餐。在这一通忙乱里，我始终面带微笑。肉馅没给钱，倒把钉子忘在柜台上，饭吃在嘴里也好像是豆腐渣。把碗一放，我把孩子往母亲那里一丢，就冲出来，发动汽车往大坝上去。

我开着车，禁不住想：她还好吗？她的老公对她好吗？

她还是那么美丽吗？人过三十，她也像我一样，说话还脸红吗？她是不是还惦记着我？今晚上该不会发生点什么吧？想到这里，我内心充满莫名的激动。

终于又到这大坝下。黑压压好大一片林子。十年树木，百年树人，当年的苗林都长大了。树林黝黑，树梢上面是淡黄的圆月亮。大坝如山岭一般横在面前。山高月小，很久没有看到这么好的月光了。城里的光源太多，霓虹闪烁，路灯亮如白昼，倒把月光给掩盖了。自从结婚成家，我都很久没有到这大坝上来了。

路灯照亮了我们的生活，也把诗意照没了，把迷蒙的影子照得黑漆漆的。那些路灯照不到的地方，就显出更加的黑。

我靠路边停车，连按三下喇叭，好像接头暗号。立刻，树林里一束手电的强光照射过来。明暗三下，接头成功。我关了车门，像一个偷鸡贼一样东张西望，然后装作若无其事地信步走向那林子，穿过一棵棵大树，疾步朝那黑影奔过去。

“站住！”是一个男人的声音。我吓一跳，以为碰上了“仙人跳”。这些年走南闯北，经见的事不少。毕竟多年不见，人心叵测呀。随后有“咯咯”的笑声。仔细听，却听出这正是她憋粗后佯装的男声。我笑了，心情一下子放松下来，问她：“你怎么选这么个破地方？”

“这地方不好吗？这些年，我倒常常想这里。”

我心里顿时一荡，空气里弥漫着暧昧的味道。我走近她，试图去拥抱她，她犹豫了一下，看起来也打算来迎接我的亲近。可是我忽然感觉很陌生，动作不似跟妻子般自然。于是，我的手就略显僵硬地挺立在空中。看来她也遇到了同样的问题，不自觉地把一只手伸出来。两手相碰，我们握了握手，顺着习惯，彼此都说出一句话："你好。"我们同时一呆，不禁哈哈大笑起来。气氛一下子轻松了许多。

顺着这气氛，我问她："这些年好吗？"她于是打开了话匣子，说起丈夫的工作，自己的调动，添子买房，赚钱还贷等等。她问起我的近况，我的内容也大同小异，都是寻常琐屑。期间我着重听她与丈夫的关系，很和睦，很幸福。我仔细听着，可惜没有任何破绽，不像是装出来的或在刻意隐瞒，我很失望。这时候我们已经相跟着往树林外走，完全是两个老朋友在唠家常。因为林子里太黑，彼此都看不清对方的脸，说话着实不方便。

就在我们深一脚浅一脚地走着时，她轻呼一声："哎呀！"原来是一只知了掉了下来，正好打到她身上。

我们这里到了夏天，摸知了的人穿梭来去，如同赶集一样，没想到竟有知了掉到眼前的。

她忙蹲下去找，可是地上杂草太密，已经找不到了。我说："快开手电。"说着就去拿电筒。她一把夺回，说："别开灯，算了，不要了。"于是又往前走。我伸手去扶她，她轻轻打开我的手，说："去你的，别占我便宜。"我们像平时男女同事之间闹惯了的一样，彼此都呵呵笑起来。

出来林子，亮堂多了。我们一口气爬上大坝。月光如水，淙淙流淌在周围。草虫低鸣，晚风和畅。我们并排散步，顺着大坝慢慢走。聊起生活里的趣事，孩子们的童稚，同事间的猜疑，不知不觉，月上中天，已经将近11点了。她老公发的短信她都没听到，现在又把电话打过来。她很紧张，把手指竖到嘴上，朝我“嘘”。我听话地停步转头，去亲近路旁的一棵杨树。只听她说：“乖，快睡吧，妈妈就快到家了。对，我去摸知了了。你猜猜有多少？呵呵，妈妈一个也没摸到，想不到吧？”

呵呵，女人，我不禁莞尔。

开车送她回家。隔着十几栋楼，她就让我靠边停车。她要下车了。我意犹未尽，不禁又伸出手去。她的车门都拉开了，似有不舍，又回过头来。蓦然看到我的手伸到眼前，不禁诧异问道：“你干什么？”我脸一烧，说：“你头上有草叶。”说着去她头发上一拂，不禁自怜道：“真是没默契。”她已经明白过来，笑了，然后正色说：“老朋友就是好啊。跟你说话真随便。这些年从没这么痛快过。”又说：“这样不挺好吗？”

我虽然有点小失望，但想一想，这确实是很畅快的一晚。好像从婚姻的锦被里探出头来，吸了一口新鲜空气，真是好多年没有这么畅快过了。

然后，我像潜泳一样，深吸一口气，把眼一闭，又汇入大路上的滚滚车流。我要去母亲那里接上孩子，带她返回自己的家。要安排她早睡，睡前洗热水澡，然后准备明天的会议资料……

第二天午饭的时候，妻子忽然笑笑眯眯地看了我一会儿，我以为自己衣服穿反了。她又低头给孩子喂饭，忽然不经意地说：“你昨晚干什么去了，把孩子扔妈那里一晚上？”我一怔，然后轻松地说：“我摸知了去了。”

“什么？呵呵，我可从没见你这么闲过。摸了多少呀？”

“你猜猜？呵呵，一个也没摸到，想不到吧？”我耸耸肩膀，把两手一摊。

建 林

小不点儿上学以后，我们开始叫他的大名——建林。建林的小学在打打闹闹中结束了。我们那个班级，考出了学校有史以来最好的成绩，除去 4 个学生留级，其他人都考上了初中。初中在邻村，离家有三四里路的距离。

初中有晚自习，在白炽灯的刺刺声里，全班 60 多个孩子，乱哄哄的。我们复习当天的功课，也看课外书，有的把头凑在一起说着新鲜事，还有的干脆把扑克牌带进来，在课桌下偷偷打牌。我一般是看他们带来的《中学时代》，有时候是看《故事会》，有时候就趴在桌子上，跟秦玲玲聊天。有一天，大概是冬天了，西北风吹着，门窗缝里漏进来呼呼的风声。屋里很冷，教室中间的炉子也烧得不旺。可能是添的炭太少了，炭很贵，我们自己带一些木柴来补充。这时候，“咣当”一声，教室的后门被打开了，冷风呼地冲进来，教室里一下子安静下来，就看见建林一手扯着一个黑乎乎的东西往屋里拉。那东西全身漆黑，只有一点儿火头在一明一灭的。片刻以后，大家才认出来，这原来是一个人。她全身裹在黑衣服里，与屋外的黑夜不分彼此，脸也如这衣服一般漆黑，只留出嘴上的一点香烟头，冒着火星。我看清楚了，她就是建林的母亲，这个老妇人在那里挣扎着不肯进来，他们母子都不说一句话。

同学们都闹哄起来。后来班主任来了，在门外跟建林的母亲说了一会儿话。老人终于进来了，她坐在最后一排，眼睛盯着地上，默默地，并不看她隔着两排座位的儿子。她坐在那里一动不动，就像一尊石像，那香烟头的明灭，仿佛是石像在呼吸。

同学们纷纷传说，建林的母亲早就跟着儿子了。最初是开始上晚自习的时候，她一路跟着儿子，离着约有半里路。儿子进学校读书，她就在围墙外转悠。有那些吃了晚饭闲溜的大爷们，走过去跟她打招呼，她也是一声不吭，还会把头巾裹起来，转到围墙另一端去。后来，她就走进学校里来，找一个角落蹲着，或者半躺在柴火垛上。那些柴火是我们上交的，为了冬天烧炉子用。最近西北风冷了，她就靠近教室的砖墙，倚着后门打瞌睡。今天准是让建林看见了，怕把他娘冻着，才拖她进来的。

后来，那个座位就成了建林母亲的专座。它孤零零在最后一排，靠着后门，门上的玻璃裂了一块，常有寒风带着尖锐的哨音冲进来，像无端响起的防空警报。老人总是在孩子们都上课以后，轻轻推开后门，悄无声息地走进来，坐到她的座位上，靠着后门开始假寐。她在教室里不再抽烟，也许是谁警告了她，也许纯粹是出于自觉，我们不得而知。我们能感受到的，是她从没说过一句话，连呼吸声都没有，就仿佛没有这个人。于是久而久之，我们仍旧闹哄哄的，连她的存在都忘记了。

可是建林发生了变化。他开始变得沉默寡言，同学们玩闹的时候再看不见他的身影。这种变化是无声无息的，过了很久我们都没有注意到。每次找他的时候，他都是趴在课桌上学习，下了课他也很少去厕所，好像他的身体与板凳、课桌连在了一起。就算是这样，他的成绩也没有意外地攀升，只是维持在中游罢了。

有一段时间，我特意观察建林，发现他从不回头看自己母亲一眼，就算是放学以后，他也是收拾书包独自出门，并不理会后面的母亲。他的目光偶尔扫到她，那眼神里竟然充满了愤恨。同学们跟他说话时，他的目光却看向桌面，声音也低下去。我这时候心里就会充满了酸楚，很想抱抱这个昔日的好朋友，即使抱着他大哭一场也不会觉得难为情。可是他看我的目光已经游离，躲躲闪闪。也许他觉得我更知道他的底细，故意疏远我吧。我知道，我们再也回不到在他家小院子里度过的那段时光了。

在这期间，我意外发现他其实并不孤独，虽然他跟同桌都没有话，他的前位却经常会扭过身去跟他说着什么，他照旧低着头，但是可以肯定，他们之间有语言在交流。至于说的什么，我就无从知晓了。

他的前位是一个矮矮胖胖的女同学，叫秋英，家在海边一个偏远的村子，父母常年出海打鱼，没有空照顾她，就把她寄养在外婆家里，于是跟我们成了同学。她在人群里很沉默，像一只呆呆的小鸡。不过她跟建林说起话来，却是那样眉飞色舞。我第一次看到她的眼神是灵动的，好像在一瞬间有一束光把她照亮了。

“秋英在谈恋爱！”她的同桌孙倩猛地站起来，愤怒把她的脸烧得通红。那是一个普通的晚自习，窗外的春风已经不冷了，像无数双柔柔的小手抚摸过全身，我们都跑到院子里来，吹着从围墙外田野里刮来的风。屋里那时候没有几个人。这一声喊，把人们都吓了一跳。我们在院子里听见，都奔进来瞧热闹。等我们冲进教室，架已经打起来了。就看见高大的王振同一只脚踩在椅子上，一只脚踹在建林怀里，被他死死抱住。王振同站不住，就顺势抱住建林的头。僵持了一会儿，他们两个扭到地面上，哗啦一下桌椅板凳都倒了，课本散了一地。

我们用了接近一个学期的时间梳理这件事情的经过，到最后还是留下了诸多疑点。因为当事人都不说明，这架就打得蹊跷。据说是孙倩也愿意跟建林聊天，可是建林跟秋英有话，跟她却没有话。王振同常去跟孙倩没话找话，孙倩却不搭理他。

而那时候，我却在羡慕地想：哦，原来上学有母亲跟着，并不是一件令人难堪的事，反倒是让女生更喜欢呀！

建林的母亲跟着自己的儿子上学，一直跟到初三毕业，总算是跟出了成绩。我们那个班考出了七个高中生，建林是其中之一。

建林上高中以后变了样子。他吃食堂，人长得粗壮了，也白净了许多。因为近视，戴上了一副眼镜，看起来斯斯文文的。上课的时候，他仍然是端坐在课桌旁努力学习，好像从来没有嬉戏笑闹的时候，可他的成绩仍然只是中游。不爱运动的建林却是班里的长跑冠军，学校里的马拉松比赛都是由他代表班级参加。别人穿短裤，他却非要穿长裤。每次见他执拗地穿着长裤奔跑在人流里，满脸汗水，脸上显出倔强的神情，我们总是很感动。

建林受人关注的时候其实不多，平时他总是处在被人遗忘的角落。忽然有一天，他在全班同学面前大大露了一回脸。那是一次晚自习，班主任提议大家各写一句格言贴在课桌上，要求是自己印象最深的话，无论摘抄还是自创。然后老师走着一桌一桌看下去，无非是一些名言警句，千篇一律，像“有志者事竟成”啦，“为中华之崛起而读书”啦，“聚精会神”啦，等等。忽然他在建林的桌前站住了，细细看了两遍，大声对同学们说：“我看崔建林同学的这句话写得最好，希望大家都能像他一样，要踏踏实实做人，不要好高骛远。”我们都扭头去看，建林在老师的身前扭捏不安地坐着，满脸涨得通红。我们都围上去，看见桌上贴着一张二指宽的纸条，上写“要做啥像啥”。

高中毕业后，大家作鸟兽散。匆匆几年，又都先后大学毕业回到这家乡的小县城。再见建林，他已经在城中心的街面上开起一爿小店，专卖花卉。他说：“中午去喝羊汤吧”。在热气腾腾的羊肉汤馆，建林与他文静美丽的女朋友——燕妮坐在一起，原来这个小店是他女朋友的。他毕业回来参加了公务员考试，现在在一个乡镇政府上班。他父亲的一个位高权重的战友给他介绍了另一位叔叔的女儿，希望他们处朋友。建林只好老老实实招供，说实习的时候已经与一个女孩“好”了。这个“好”是指两人都有那么点意思，并且一起爬过山，现在还经常通电话。别人都说他傻，与这边的锦绣前程相比，相隔着好几千里的一个笑脸，这是多么虚无缥缈的事。逼急了，建林闷声说：“我叫她来，她就能来。”果然，这南方的“燕儿”就飞来了，俩人租了这处铺面，摆弄点花草。这就以店为家了，养家糊口之余，既温习了大学时所学的专业，又能愉悦心情。

从此，我下了班后就经常造访建林的花店。因为都是学的农业，我们很能聊上几句。看着他俩甜美的日子，真挺令人羡慕。不过第二年的“五一”节以后，花店就一直锁着店门。过了半个月，建林的哥哥出现在店里，说建林被车撞了。“骑摩托车回家……一辆桑塔纳……俩人的腿，粉碎性骨折，现在躺在潍坊的医院里。”哥哥涕泗横流。店是开不下去了。我和建林的哥哥帮着整理余物，把店转了出去。

以后就不常见建林。只是有时逢同学结婚，或者老乡碰在一起的时候，去看过他几次。乡镇给他们安排了一间平房，两人并排躺在床上，腿还是不能动，不过都胖了。他岳母倒是一见我们就哭着说："真不顺哪，光开刀就反复三四次，现在还钉着钢板呢，说明年才能取。"私下里燕妮也向我们唠过心里的焦急：还没结婚就这样长期住着，受老人的照顾，经济上也困难……

后来，他们终于下床了。虽然建林的腿还是有点瘸。他在乡镇上申请了一个废弃的院子，添置了几件简单的家具，两人搬进去结了婚。因为他的家庭状况，没有大操大办，也坚决不要我们随份子。不过结婚的那晚，还是请了一桌酒席，叫我们几个人去坐了坐。他说："这几年大家老是去看我，怪麻烦你们的。现在好了，我们安下家了。我去上班，琢磨着让燕妮临街再开个小店。村里人买不起花，咱就卖农药。反正都是咱的专业。"

小店就开起来。夏天里，建林去买了一辆旧的机动三轮车，中午下下乡，说是一天能赚个一百多。看着他吃力地搬着药箱子，我问他腿怎么样。他哈哈笑起来："说起来真好玩，街上人不认识我，碰上找我买农药的，孩子们就问，是不是找那个小瘸巴儿？"

我听后，心里很不是个滋味。

第二年春天，店里又加卖种子。夏天，换了一处更大的店面，雇了村里的表嫂来帮忙。随后，他们可爱的宝宝也出生了。

距离我们毕业已经二十年了。建林现在是他们乡镇的农业技术员，唯一的副高级职称。老大读高中了，老二也上了幼儿园，有着圆圆的可爱的笑脸。燕妮当起了名副其实的老总，在城里买了楼，也买了车，开了四五家店面，雇了好几十号员工，农药生意已经在当地做得很大。今年夏天，建林跟我说，他有一个想法，想建一个中药材种植基地，流转农村闲置土地来种植益母草。

“李时珍的《本草纲目》上明确记载，益母草以山东利津的为最好。不过具体的种植技术和市场行情，我还没去考察。”

我劝他慎重。“农业项目周期长，回报率低，不可控因素太多，”想了想，我又说，“真要办的话，就建在咱们村吧。”

我相信他会慎重的，我更相信他会把基地办起来。因为有老母亲背后的目光，建林从来都是做啥像啥。

燕 子

燕子是最让人省心的孩子。

她总是乖乖的，不调皮不惹事，也没有受人欺负或者沮丧倒霉的时候。她会把每一件事都处理得很好，让别人舒服，也让自己舒服。从小学到高中，她总是考班里的前三四名。不过，老师在夸耀学生的时候，总会把她遗忘。这也怪不了老师，她就像邻家的小妹妹，既不惊艳，也不拉后腿。

可是燕子高考却失利了。考试前一晚，女同学拉她偷偷去吃刨冰。那时候小县城刚有了刨冰摊子，还很新奇。她肚子有点不舒服，可是架不住同伴的央求，就勉强吃了一碗。第二天在考场上，她的肚子疼得厉害。她一手捂着，一手写卷子，那字就歪歪扭扭的。她心想：完了，这次肯定考不好了。果然，成绩出来后，她名落孙山。

她想复读一年，需要交两千元复读费。她爹有点心疼，但还是给她交了。读了一个月，她爹打听到有的大学录取分数线降了，找人帮忙查了查，湖北有一所学校分数线降低了，燕子刚够线，学费也是两千元，她爹让她去找学校，把复读费退出来，去湖北上大学。

燕子爹说：“都花一样多钱，你明年还不知道怎么样。”他又说：“进了大学门，不满意还可以再学嘛。骑着驴找马，不比现在把握大？”

于是，燕子去了湖北。

不等到寒假，燕子就回来了。因为那所大学破破烂烂不像样，同学们就有所怀疑，他们联合起来去找校方，发现这是一所联合办的民办学校，最后的毕业证还不一定是承诺的那个学校给盖章，还有一些定向工厂实习之类的附加条款。大家商量后就一哄而散了。

燕子再去复读，耽误了半年，成绩跟不上，最后考了一个专科。

燕子爹说：“这就是你的命啊。”燕子就信了。

毕业后，燕子四处打工，过年回家，碰上了陈老八的儿子陈志豪。他骑一辆新自行车正在赶集，看见她，单腿点着地，朝她流里流气地打个响指。他们曾经是同班同学，他没有考上高中，在家里待了两年，如今当兵去了。

第二天，陈志豪出现在她家里。他穿着崭新的军装，手里提着两瓶白酒，腰杆笔挺坐在堂屋里跟燕子爹说话。胖婶坐在旁边嗑瓜子，她抓一把，去厨房里跟燕子娘叽叽嘎嘎。燕子在自己屋里没出来，一会儿她娘走进来，嘱咐她找一件漂亮点儿的衣服穿。燕子扭过头去。

她还是穿着那件家常衣服出来见同学，但这并没有影响陈志豪的热情。第三天，陈老八踱着方步走进燕子家，把一万块钱放到桌上。“这是定亲礼。万里挑一，在我们村是第一个。”

燕子爹热情地接待了他，本庄本土的，孩子长得挺脱，他家里日子也殷实，家大户大，没有什么挑头。在农村，找对象可不就是这些条件吗？

燕子开始不愿意，也说不出为什么，后来两家越走越亲近，陈志豪也经常打她呼机，两个人通通电话，闲了还给她写过一两封信，燕子也渐渐接受了这个人。后来陈志豪转了志愿兵，估计还要在军营里待许多年，两家一商量，就给他们把喜事办了。

结了婚的燕子当起了军嫂。她在村里两个家庭两头跑，娘家婆家，地里家里，老人都年岁大了，许多新技术也学不会，像种个苹果树，还要套袋子，这在早年间谁能想到？就像种棉花要铺地膜，种麦子要撒化肥，都是老一辈人所接受不了的。

村里孩子越来越少，学校合并到乡镇上去了。赤脚医生海城他爹不干了，连卫生所也要合并到乡镇去。婆婆身体不好，经常打针，燕子就自学了简单的药理知识，开始给村里的老人们打个针、开点药，治一些头疼脑热的小病，省得他们往乡镇上跑。燕子细心，脾气又好，小模样讨人喜欢，那些老爷爷、老奶奶可疼这个闺女了，有什么好吃的都给她留着。

陈志豪转业到胜利油田，离家近了，回来的次数倒少了。他总说“忙，忙”，燕子很理解他，男人嘛，需要干事业，需要处朋友，就是跟狐朋狗友吃吃喝喝，也是为了个好人缘嘛。

可是有一样，他们还没有孩子。刚开始是不想要，后来想要了，又要不上。

村里就风言风语，说什么的都有。两边的老人着急，有的人却幸灾乐祸，说风凉话：“那燕子能下多大的蛋？这名儿起错啦，早知道叫母鸡就好了。”

燕子趴在枕头上哭。

第二天，她起了个大早，坐了车去县医院检查。回来的时候天已经黑了，她去了胖婶家串门，就在她家里住了，两个女人说了一夜悄悄话。

后来陈家打上门来的时候，胖婶挺身而出，作为媒人，她说错不在女方。燕子告诉过她，自己的输卵管是通的。

“他不碰人家闺女，输卵管再通也怀不上孩子啊。”

陈志豪一两个月不回家，回来就被人用摩托车载着走了。有时候就在外面过夜，有时候送回来，也是喝得大醉，睡得跟死猪一样，吐了还得给他收拾。

他们都是去“两广”喝“花酒”。

“两广”地带是两个村子，分别叫“大广子”和“小广子”，紧靠着连接胜利油田和东营市区的主干公路，来往的大货车、油罐车、小轿车，都要在这里给车加点儿油，人也喝点水吃点儿东西。慢慢地，小饭店就在这里兴盛起来。这种小饭店一般是靠街的门店，布置很多豪华雅间，旁边的大门可以开进大车，后院里直接加油，当然，也可以卸油卖油。很多油田司机身上也不带票子，开到这里需要打尖了，就直接把车开进后院，卖一些油，有吃有喝，临走还有钱拿。当然，饭店老板也赚得盆满钵满。不知是谁最早引进了陪酒女郎，呼啦一下，这一大溜饭店都开始“花枝招展”。雅间档次也提高了，空荡荡的大房间里，除了一个圆桌以外就是大大的舞池，客人往往吃不了几口，就开始跳舞去了。

陈志豪是一个部门的小领导，更是这里的常客。这里最漂亮的一个姑娘叫双双，让陈志豪乐不思归。

“你经常来这里，不怕老婆吗？”双双揶揄着他。

“老婆？”陈志豪想起燕子，忽然如醍醐灌顶，他发现自己并不爱妻子。他终于了解了自己，他骨子里一直喜欢双双这种类型的女人。他终于找到了自己的真爱，幸好还不晚，幸好自己又有钱。唯一的麻烦就是他已经结婚了。这不要紧，他可以离婚嘛。问题的关键是，双双是否愿意嫁给他？

“如果我为了你离婚，你愿意嫁给我吗？”

双双眨巴着一双好看的大眼睛，看到男人坚毅而又急切的眼神，开始认真思考了一会儿，告诉他，自己会和他结婚。虽然她还有几个相好，但是都没有他年轻，也没有他帅。最关键的，他们都没有向她求过婚。

“你去离婚吧，离了我就嫁给你。”

于是陈志豪一骨碌站起来，出门回家，踏上了他的离婚路。

荒原上三十里的路程，足够一个头脑灵光的人把问题想清楚。离婚并不是一件容易的事，尤其是本村本土的。燕子勤劳本分，孝敬老人，唯一能挑错的就是没有生孩子。但是这话不能自己说，想到这里，陈志豪没有直接回家，他敲响了马大胖家的院门。马大胖今天挑水崴了脚，正好躺在家里。他瘸着腿一蹦一跳过来开了院门，一看是陈志豪，高声叫嚷着：“快进来大侄子，啥时候回来的？我正要找你哩。”

陈志豪往里走着，关切地询问着马大胖的病情。

“咱村不是统一安装了自来水吗？我爹用的可乐呵了，你这咋还自己去挑水呢？”

“那自来水按方收费，我这不是寻思省几个钱嘛。”

掰扯完水的问题，话题扯到马大胖的儿子身上。

马大胖的儿子跟着邻村后生偷油。偷油就是骑着自行车用化肥袋子驮上原油去倒卖，原油当然不是花钱买来的，骑车子进入大荒原，走上百十里路，过大红门（油田入口），随便找个土窝子，散落的原油多的是。这些油或是油井溢出的，或是拉油车滴漏的，或是偷油的人从管线上打眼流出来的。这些不法之徒就像偷粮食的老鼠，俗称“油耗子”，现在是绝迹了，那些年可是猖獗得很。

马大胖的儿子笨。别人偷油都发了，有的鸟枪换炮，开着三轮车去偷了。还有的更狠，换上小轿车去偷了。而他，骑自行车还偷不着。终于弄上半袋子，骑到半路还被保安扣下。保安扣下偷油的，也不回单位。这都是些临时工，工资也没几个钱，他们把偷油贼抓进路边的仓库，拿鞭子揍他，问：“还偷吗？”

“不敢了，再也不敢了。”

啪啪又是几鞭子，狠狠地抽，终于把人打急了：“他娘的我还偷！你只要把我放出去，我就接着偷。”

这几个穿着制服的家伙就笑了。把人解下来，拍拍他的肩膀给点上袋烟：“有种！这次先罚你一万，以后每个月五千。我们也不去路上挨冻了，你自己交过来。”

马大胖的儿子㞞，那几个家伙一举鞭子，他就吓尿了。马大胖托人请客，交了两万罚款，才免了儿子的牢狱之灾。他托人捎话，想请陈志豪吃顿饭，为儿子指点迷津。

酒过三巡，陈志豪说：“跟着我，让他拉油袋子吧。”

油袋子是油田在生产过程中产生的一些沾了原油的塑料袋子，这种袋子因为被污染，一般收废品的也不要，处理不了。

但到了有些人手里，他们经过特殊处理却能回收上面沾染的原油。也就是说，这个还能卖钱。拉这个挣得少，可是稳定可靠，不怕查。

马大胖感激涕零，频频敬酒，说陈志豪懂事，说陈老八仗义，说燕子贤惠，把能夸人的词儿都用上了。陈志豪喝醉了，嘟哝着："贤惠？贤惠个屁！不孝有三，无后为大，这只不下蛋的鸡！"

马大胖眯着小眼睛，愣怔着。不久，村里就传开了燕子的闲话。这闲话越传越真，仿佛燕子就是一个红颜祸水，她以前那些年的良好形象都是伪装的。

燕子爹和陈老八大吵了一架。燕子提出离婚，他爹也同意了。陈老八却不依不饶，他想既要里子又要面子。陈志豪也喝醉了，趴在十字路口哭，仿佛自己才是真正的受害者。这出戏演得太足，以至于陈家的子侄都被蒙蔽了，以为本家人受了委屈。陈老七一声吆喝，个个扛着叉子、扫帚打上门来。燕子爹正在出猪圈，看着众人来势汹汹，他一把抄起门口的铁锨，照着陈老三家的小儿子来顺就是一家伙。这孩子长得弱小，站在边缘，燕子爹的出发点也是柿子照着软的捏，先来个敲山震虎。没想到人一急眼力气就大，那铁锨带着风声，瞬间拍到来顺脑袋上，来顺当场晕过去了。陈家以为死了人，要把燕子家房子烧了。幸亏胖婶出来说了句公道话，陈家理亏，这才悻悻地罢手，回头去抢救那个可怜的孩子。来顺被送到医院，医生说来得晚了，脑部大面积淤血，加上脑震荡，估计植物人。

燕子办了离婚手续，离家去东营打工。燕子爹也在村里没法待了，他们老两口把门一锁，也离家去海港给人看鱼窝棚去了。

陈志豪离了婚，心满意足地娶了双双。双双也是当地的头牌，有很多小姐妹送行，陈志豪也是一个小领导，手下兄弟们很多。这场婚礼在当时引起了很大的轰动，结婚那天观者如堵。据说小汽车排出去四里多地，席面安排满了全村，就这还有很多人坐不下，最后去牡蛎乡街上，又在饭店里定了五十桌。他们结婚后度过了一段甜蜜的日子，可惜好景不长，双双由于没有工作，安稳了一段时间以后，闲下来开始想念以前放荡的日子，就又跟一些江湖恩客来往。不久，染上了脏病，把陈志豪也传染了。

陈志豪没有埋怨双双，他倾尽所有给两个人看病，就在看病的旅途中，双双怀孕了。陈志豪喜出望外，他发誓无论如何也要护得他们母子平安。为了筹措钱，他开始动用职权，伙同他人偷油。他们觉得传统的偷油来钱太慢了，干脆在输油管道上打眼放油。为了做得稳妥，他们盘下了一个饭店，事先考察好了，那饭店正建在输油管道上方。他们白天开饭店，晚上拧开阀门放油，流失的原油被当成损耗填写进记录里。

这个计划本来天衣无缝，他们严格控制偷油数量，尽量保持在合理范围之内。不料手里钱来得太易，合伙人的儿子开始去地下赌场寻求刺激，一来二去，输大了。为了弥补亏空，合伙人的儿子开始背着他爹偷偷放油，这样原油流失就陡然增大了许多。来自管道的报警信号有很多，被陈志豪疏通关系掩盖了。可是有一次，合伙人的儿子输太大了，东家要他一条腿。为了保住自己的腿，他决定狠狠放一次以后洗手不干。就是这一次，把他爹和陈志豪都“放”进牢里去了。

陈志豪被判了十五年。

双双由于身体太虚弱，没有能够正常生产。她和孩子双双死在产床上。

燕子在东营打工的地方是一家饭店。她不会别的手艺，就从刷盘子开始。饭店老板是一个三十多岁的中年人，钟家村的，叫钟有成，他原来是搞建筑的，曾经带领村里的建筑队承接过很多工程。因为质量过硬，在行业内口碑很好。牡蛎乡建政府办公楼，他们建筑队中标了。大楼盖好了，工程款却一直结不下来。他们去送礼，工程负责人却说乡财政是真的没钱，说着拿出一大摞白条，都是马路对面那家饭店的，说：“你看看，还欠人家这么多饭钱。”

建筑队被压垮了，大家都撤出去自寻出路。钟有成不死心，每年还去讨债。逼急了，这个大老爷们抱住工程负责人的大腿，跪在地上呜呜哭。那人被他哭烦了，拿白条子敲打着他的头，说："谁让你们当初愿意干来着？嗯？谁求着你来的？"

钟有成又羞又气，骑摩托车回家，路上走了神，摔断了腿。

老婆过不下去，跟人跑了。老钟养好了腿，到城里来开饭店。小店不大，他自己下厨炒菜。一个人吃住在店里，也没有什么花销，就这样攒一年，到年底算算账，他把挣的钱数出来，一家一家去结工程款。当年跟他干活的人，有一个算一个，人死账不烂。他先从家里着急用钱的人家结起，那些建筑队里的老兄弟们，正被孩子上学、老人看病这类难题折磨得一筹莫展，拿着这些堪比救命的钱，个个激动得涕泗横流。

燕子来之前，店里已经有一个服务员。她穿得很妖娆，在自己眼角的鱼尾纹上搽两寸厚的粉。她对燕子颐指气使，仿佛自己是老板娘。燕子也当她是，恭敬忍让，不敢忤逆她的意思。有一天，她领来一个同样花枝招展的女人，这女人端盘子上菜，当天店里猛然间增加了好几桌客人。这女人很以为功，她惬意地靠在柜台后头嗑着瓜子，把右腿撩起来搭在左腿上。她的旗袍开叉很高，连里面鲜红的内衣都露出来了。这时候老钟走出来，把毛巾搭在脖子上，擦着滴滴答答流下来的汗水。他的小背心都湿透了，在白衬衣上映出轮廓。

"哎，我说，"这个自封的老板娘扯起嗓子，"你看看，你看看，你就是死心眼。"

燕子看过去，那新来的服务员正把自己的臀部一扭，碰一下那坐在首席的大胖男人的胳膊，男人哈哈笑着，一把揽过女人的腰，右手就顺着旗袍的开叉滑进去。

“讨厌！”女人撒娇地笑着，摆脱了男人的魔爪，一扭一扭地走回来。

“你！还有你，你们两个，都给我滚！”钟有成铁青着脸，手里攥着滴汗的毛巾。他走到桌前拉开抽屉，抽出一叠钱，数也没数就回手甩给那女人。

那女人愣住了，她抓过钱来，狠狠地瞪了老钟和燕子一眼，“哼”了一声，挽着另一个女人摔门走了。

临出门的时候，燕子看见那女人眼里汪了泪水，不过没有流下来。

老钟后来告诉她，那女人其实心肠并不坏。她原来是失足女，年龄大了，到他这小店里来当服务员。她着急小店的生意不好，觉得老钟脑子不开窍。按她的意思，房间里装上卡拉OK，再找几个女服务员陪唱陪跳，生意准会火爆得不得了。可是老钟不这么想。

“谁家没有儿女啊，”老钟总是轻叹一声，“谁没有姊妹呢？”

燕子觉得老钟人真不错，从此她不再叫他老板，而是叫他老钟哥。她端盘子刷碗也更尽心，忙里偷闲把老钟的替换衣服也给洗了。老钟头发长了，店里忙得走不开。燕子问他：“老钟哥，你喜欢什么发型啊？”

“发型？利利索索显干净就行了呗！”

燕子就把一领白围裙唰啦抖开，围在老钟脖子上。

“哎呀，燕子别闹哩。”老钟嘴里吆喝着。

“哎呀别叫，你就等着瞧吧！”说着话，燕子变戏法一样掏出一把推子来。一会儿的工夫，她三下五除二，给老钟理了一个小平头。

“燕子真有你的，你还有这功夫呢？”

“那是！”燕子妩媚一笑，“我的绝活多了，都是在家伺候那些老人练的。”

老钟也觉得是。他渐渐都有点依赖燕子了，甚至店里买的菜放哪儿了，自己的车钥匙放哪了，他都要问燕子。“燕子燕子”，一天不知道要叫多少遍。燕子不嫌烦，每次她都是明媚地笑着，答：“哎！”那声音里透着愉悦，那脚步里透着欢快，飞进来飞进去，真像一只忙碌的小燕子。

有一天，老钟感冒了，他觉得浑身火烫，躺在床上起不来。燕子推门进来，喊他：“太阳都晒屁股啦！”她像逗孩子一样开着他玩笑。看他脸色不好，用手一摸额头滚烫，这就抓他的胳膊，想把他拉起来。

“你背不动我。”老钟说。

燕子又把他放下。她飞快地冲出门去，一会儿回来，手里多了一个针头和两瓶葡萄糖，她磕开药瓶加药，拉过老钟的手，比一比，一针扎进手背上的血管，回手从床底下抽出老钟的鞋带，飞快打一个结，把吊瓶挂起来。她扶老钟躺好，又出去找来一条毛巾，包了一个热水袋垫在他手腕底下。

燕子用手摸一摸老钟的头，说：“好好躺着吧，今天咱们歇一天，我给你擀面汤喝。”老钟的泪就下来了。

老钟是和着自己的泪喝完那碗面汤的。老钟说：“燕子，你要不嫌弃我比你大两岁，你就跟我过吧。我钟有成发誓，这辈子要让你过上好日子。”燕子紧紧抱住他，他们的泪流在一起。燕子说：“现在就是好日子。”

燕子结婚了。他们的婚礼没有亲友祝贺，没有鞭炮彩旗，甚至没有去登记领证。燕子把自己的被窝往小屋里一搬，裁了一床新被面铺在床上，这婚就算结了。当天晚上，老钟搂着燕子，俩人看着小屋窗外的月光，老钟又给燕子道歉，他觉得让燕子受委屈了。钟有成的老婆跑得匆忙，他们没有办理离婚手续，要单方面提起离婚或者报失踪人口，还需要很多手续和时间。当时老钟很愧疚，执意要去办，燕子拦住了他。

燕子说：“要那张纸干啥？我早想好了，你能打结婚证我也不跟你打。你啥时候烦我了，言语一声我就走，不过说好了，工钱你要付我。”老钟抱住她，流着泪点头，说：“我付，我付。”

日子就这样平淡而幸福地过下去。小店不大，不过干净，做的又是家常菜，渐渐有一些熟客常来光顾，这其中有一家三口，男的稳重干练，女的知性优雅，一看就是有身份的人家。孩子有七八岁，长得虎头虎脑的，燕子很喜欢他，总是摸摸他的头。有一天，小家伙自己跑进来，浑身汗津津的，后面跟着几个十四五岁的半大小子，他们穿着半截裤衩子，趿拉着拖鞋，一看就是附近村里的。他们推搡着小家伙，嚷嚷着让他赔钱。燕子生气地打开他们的手，把孩子护在身后，问他怎么回事。孩子委屈地哭着，说是自己不小心把那些人的自行车推到河里去了，他们要他赔二百块钱。老钟这时也出来，他心知不对，也不和他们争辩。他从抽屉里拿出二百块钱，攥在手里，那些半大小子来抢，他伸手举高。

"钱可以给你们，不过你们要带我去看看，到底车子怎么推到河里去的。"

老钟嘱咐燕子在店里看护孩子，自己随着他们出门，他们穿过公路和绿化带，来到河边，看见地上湿漉漉的。

"车子呢？"

"就在那里。"半大小子们七嘴八舌乱嚷着，用手指指戳戳比画着河底。老钟开始脱鞋袜。

"你干什么？"他们惊叫着，"你疯了吗？这河有五六米深，你会淹死的。"

"没有那么深，我经常下去洗澡，也就三四米。"老钟说着继续脱衣服。

"你要去捞自行车吗？那你也捞不上来。"

"我扎个猛子下去，只要摸到，我可以雇个吊车过来。你们不知道吧，我是特种兵转业，摸这个跟玩儿一样。"

老钟还要脱，绿化带后面转出一个理着小平头的年轻人来，他手里推着一辆车子，说："别捞了，是不是这辆？我捞上来了。"

事后，孩子的父亲紧紧握着老钟的手，说："多亏了你呀！"老钟憨厚地笑着说："没啥，孩子没事就好。"原来女人是中学老师，男人在市政府工作。学校里课程紧，市政府工作也忙，都是三天两头加班，孩子就顾不上。今天男人有会，妻子有课，就把儿子锁在家里。小家伙玩心重，偷跑出来，被这几个孩子讹上了。

"你真是特种兵吗？"小家伙崇拜地问。

燕子慈爱地摸摸他的头："他骗你的，他连游泳都不会。"一屋子人都哄笑起来。

晚上，燕子躺在被窝里，幽幽地说："真是看不出来，家家有本难念的经啊。"老钟双手枕在后脑勺上，轻叹一口气，"政府里也有真干事儿的人啊。"

许久不见那中年人。八月十五的晚上，那一家三口来了。老钟很高兴，他让燕子给他们开个雅间，在里面陪着，自己忙完了也进去坐下。

"今天算是自家人吃饭，一起过个节，"老钟端起酒来，"说实话，你们不来，我和燕子也没机会好好过个节。"

三杯酒下肚，男人说，他调到海港上工作去了。

"开发黄河口，这是国家战略哩。"

男人告诉他们，国家要在东营建海港，还要建保护区、养殖基地、工业园区，未来还要扩建机场、通高铁，很多很多的工程。他忽然转头对着老钟："你养土方车咋样？"

他顿一顿："当然，生意要你自己做，我帮不上忙。我只是觉得，你是个干大事的人。"

"这是个机会。"男人最后说。

那天晚上，老钟沉着地送走男人一家，他又沉着地关店门，洗刷，一直到上床，他都没有表现出任何激动。倒是燕子，胸口一直剧烈地起伏着，仿佛胸腔里埋了一座火山。

"你真有把握？"燕子眨巴着美丽的大眼睛，天真地问。老钟缓缓吻住她的嘴唇。

那天晚上，老钟问男人："我整多少车合适？"男人说："多少都用得起来。"老钟喝干杯中酒，自言自语说："那我整一百辆。"

第三天，老钟回到村里，从村东到村西，他吆喝起当年建筑队里的弟兄们，把他们撒出去。一个月以后，一个由一百辆重型斯太尔运输车组成的庞大车队浩浩荡荡地向东营港进发。路上行人都蒙了，以为国家在执行什么大型任务哩。

三年以后的一天上午，燕子正在父母别墅的院子里帮她爹种青菜。老钟一口气买了三栋别墅，分别给自己和双方父母住。老钟的母亲喜欢养花，燕子爹却愿意自己种菜吃。他老是觉得钱花得不踏实，干着活，他又问燕子："你们还没去领证？"

"爹！你又来了。"燕子嗔怪地白了他一眼。

这时燕子的手机响了，她接起来，一个火急火燎的声音说："嫂，嫂子！钟总他出事啦！"

老钟出了车祸，当场去世，享年三十八岁。

燕子觉得晕晕的，从火葬场回来，她瘫在沙发上，浑身一点力气都没有了。这几天，她觉得像踩在云彩里，一切都雾蒙蒙的。老钟就这样没有了，不在了，从一个大活人变成了一个小匣子。

这时，燕子娘走过来摸着燕子的头发，说："人已经不在了，还是要抓紧去问一下，那个……那个……遗产分割，大家都说你们这属于事实婚姻。"

燕子没有动，只用眼睛斜着看她娘一眼，老人的目光里带着惶恐和小心翼翼，卧室门缝里露出她爹的半张脸。

燕子"哇"一声哭出来。"我真恨这个烂车队！"燕子号啕大哭，她抓着沙发角，把指甲抠进皮具里去，"开小饭店多好！开饭店，不用往海港跑。我们过我们的小日子。开饭店，不会出车祸……"

燕子没有去问遗产。第二天，别墅里来了一大群人。老钟的侄子领着银行、律师、车队等各方面的人，乌泱乌泱一大堆。老钟的那些财产，包括存折、房产、股票、保险等等，加起来有好几千万元，登记的都是燕子的名字。

燕子蒙了，这是怎么回事？负责财务的小姑娘怯怯地说："嫂子，您别生气，这都是钟总安排我拿您的身份证办的。钟总不让说，他说让您知道了怕您不同意。钟总说这个家是您的，说他发过誓，要让您过上好日子。"

燕子又回到了小村。她为村里建了新幼儿园、新卫生所。她当幼儿老师，照管那些孩子。她也当村医，为老人们打针。她考了教师资格证，她也考了护士证。后来，村委改选，人们选她当村主任，她说自己干不了，勉强当了妇女主任。村里建了文化大院，每天晚上，她都会准时出现在那里，带领大家跳广场舞。

在她的床头，有一个向日葵封面的日记本，那是老钟送她的生日礼物。里面有她写的诗。她偷偷写诗，可是从来不给别人看。

小 红

小红的好日子是从弟弟出生那天结束的。

在这之前，她还能得到一个正常孩子的宠爱。弟弟出生以后，这种待遇就消失了。她母亲接二连三地怀孕和生产，根本顾不过来孩子们。小红的爷爷奶奶最关心的是生一个小弟弟，等到弟弟真的出生，不要说她这个老大，连更小的两个妹妹他们也没有兴趣再去照管了，巨额的超生罚款已经让他们焦头烂额。小红家现在是真正的家徒四壁，全家挤在一间偏房里，大小的包袱堆在炕上挤得小弟弟都躺不下，只能趴在母亲的怀里哇哇哭。奶奶在灶下烧火，呛得直咳嗽。父亲木然地坐在马扎上，忽然把小红叫到眼前来。

“你不能再去上学了。”父亲红了眼圈，脸上终于有了一丝活气，这让小红很高兴，她愉快地点了点头。父亲看到她这样子，反而滴下泪来。

“是爹对不起你。”父亲伸手抚摸一下小红的头，小红吓得一哆嗦。父亲曾用这手打惯了她，她已经不习惯这种爱抚了。她同样不习惯父亲的眼泪，觉得心里别扭。说实话，她对不再上学还有一丝的高兴，因为她再也不用挨那帮女生的欺负了。

有个段子说小朋友们的生活就是“吃饭、睡觉、打豆豆”，从小学一年级开始，她就是那个挨打的“豆豆”。那时候她长得瘦小，又没有哥哥姐姐，天生就成了那些大个子同学的小使唤丫头。如果她不听话，就会被她们从教室门口的台阶上悠下去，摔在校园坚硬的土地上。有时候她穿了表哥送的新衣服，那种新的款式是村里没有的，就会遭到女生们合力的一顿毒打。心焦的日子里，父母的心情本就不好，再看到小红这些伤口和撕烂的新衣服，又会燃起更大的怒火，随手抓过来的东西都会招呼到她的身上，她又成了父母的出气筒。

上学和放学的路上，都没有人同她走。除了我，小红在学校里再没有一个朋友。

终于不用上学了。不上学好，再也不遭那份罪了。于是在那天下午，小红轻松惬意地帮着母亲收拾屋子里满地横七竖八的家什，没有像往常一样放下猪草，手里抓着干粮，急匆匆踏上那条上学的路。她还没有意识到，此生她再也没有机会走进课堂，连书包都是托燕子捎回来的。

家里的日子也不好过，几亩薄田，巨额的罚款，一家八口的衣食，都像绳索一样勒得父母喘不过气来。这种绝望的情绪需要发泄，除了两口子对骂以外，能打的孩子也就只剩下小红一个了。有一天傍晚，因为饮牛的水桶被牛犊撞翻了，水流出来淹了晒在天井里的粮食，奶奶就骂小红懒，没有早把水桶提回来。父亲正好下地回来，还没把牛从车套里卸下来，就抓过敲打衣服用的木棍子，随手给了小红一棍。小红倒在地上，鲜红的血从头上流了下来。

父母觉得失了手，但也没有什么道歉的意思。他们只是把她拉起来，扯一块毛巾过来裹着头，推她到床上去躺下。“今天晚上不用干活啦。”母亲说，仅此而已。

躺在床上，小红思来想去，觉得表哥是她唯一的希望。她看到电视里，那外面的世界多好啊，而表哥就是一个去过外面的人。第二天一早，家里人都下地了。奶奶抱着小弟弟在另一间屋子里玩。因为小红受伤流血，有一碗面条扣在锅里，等她多躺一会儿再起来吃。小红偷偷爬起来，看着那碗面条咽了一口唾沫。她没有动那碗面条，而是从炕下的褥子里翻出五块钱，穿上自己最好看的一身衣服出了门。她在村里碰到赶车的马大胖，马大胖去乡里找他的妻弟，把小红捎到了乡政府。小红花五角钱买了十个水煎包，吃完抹一抹油嘴，坐上了刚刚开通的客车到北岭去。那是 1992 年，那一年小红 14 岁了。

到了北岭，小红在她的表哥家住了几天。表嫂要把她送回来，她执意不从。她说：“你再逼我，我就去跳河。”表哥说：“你出去见见世面也好，正好我下周去淄博。”她就跟着表哥来到淄博张店，看到街上贴着一张传单，是城南的一个陶瓷厂招工人。她兴奋地把它撕下来，拿给表哥看。表哥办完事，不顾她的执拗，坚持陪她一起去了城南，看到那家陶瓷厂还算正规，就陪她办了入职手续，然后给她留下一百块钱，自己回去了。

小红兴奋极了。一切都跟做梦一样，她竟然成为了一名工人。在我们村，只有东升的爹是工人，他是参加抗美援朝，转业的时候集体安置到了淄博的洪山煤矿，从此下井成了一名挖煤工人。挖煤虽然辛苦，可是有固定的工资，不受旱涝年景的影响。过年回家的时候，他穿着雪白的衬衣，抽着高档的卷烟，一看就是城里人。他的儿子东升学习非常好，考试总是前三名，读到初二，他爹听说矿上有了新政策，以后不让孩子接班了。他还差一年才到退休年龄，幸亏管事儿的是一个老乡，他花一个月工资买了烟酒，晚上偷偷去老乡家一趟，把自己的年龄改大了一岁。他提前退休，让儿子退学接了班，从此成为一名光荣的工人。

现在，小红也是工人了，只不过她是集体企业的工人。他们厂是村委会办的，村主任就是厂长，妇联主任是会计，也是村主任的老婆。其他的村干部也基本都在厂里任职，担任着各个部门的主管。村治保主任就是厂保卫科的科长，还有一些人，比如村主任的表弟，当着厂供销科的科长。他虽然不是村干部，却比村干部还要吃香。他的老婆就敢公开顶撞村主任的老婆，村主任也拿他没办法。

小红上班就是做泥坯，里面粉尘腾腾的，很呛人。小红老咳嗽，加上睡觉的地方潮，她不久就生了一场大病。当她躺在床上的时候，她仍然不愿意告诉爹娘自己的情况。

“就让我死了算了。”她当时就这样想。这个时候，和她一个车间的工友耿立国推门走进来，手里拎着一个保温饭盒，里面是两个馒头和一碗粥，还有一些咸菜。他把饭盒放在桌上，又从衣服口袋里掏出一袋子天津蒜蓉辣酱。

“看你没来打饭，他们说你病了，我寻思你这不吃饭可不行。”他说着，把辣酱撕开口，挤出一些抹到馒头上，“你尝尝这个，这个辣，最下饭了。”

当看到红红的辣酱如蚯蚓般爬满馒头的时候，小红哭了。她坐起来，没有接过那馒头，而是把耿立国抱住了。她胸前的曲线起伏着，小小的身子在他的怀里颤动。她的泪水顺着脸颊流下来，打湿了耿立国的后背。

“我那时候就是傻，一点点感动就当爱情了。”小红后来说。她很快就跟耿立国谈恋爱了。耿立国比她大四岁，已经在邻村定了亲。在爱情面前，这些都不算什么。他们在城中村租了一间房子，从宿舍里拉来两张单人床拼在一起，就开始过日子。小红的幸福是隐藏不住的，她的嘴角整日里上扬着，仿佛随时预备着笑出来。工友们渐渐察觉出两人关系的亲密，流言越传越广。两个月后的某一天，小红下班走到厂门口，被一个五大三粗的胖姑娘堵住了。“你个狐狸精，”她骂小红，“浑身骚位。”

胖姑娘舌头硬，说不出儿化音。“骚味儿”就变成了“骚位”。

小红蒙了，无助地看着周围，工友们都躲开她，抽身急急地走。胖姑娘身后还跟着几个男人，双手抱着胳膊，一副幸灾乐祸的表情。

这时耿立国从厂里冲出来，小红像抓住最后一根救命稻草，躲在他的身后。她浑身哆嗦着，那胖姑娘却绕开耿立国，直接去抓她的衣领。耿立国伸开手来拦挡，胖姑娘身后的几个男人左右把他架开，嘴里叫着姐夫、表哥之类的称呼。耿立国挣扎着，无助地回头，看到一巴掌一巴掌的耳光抽到小红细嫩的脸上。他嘶吼着，还是被架上了路旁的摩托车，开走了。

不知道过了多久，小红从地上爬起来。厂门口已经没有一个人，她揉着肿胀的脸颊，看天空在旋转。她吃力地扶着花坛旁的栏杆，觉得头晕晕的，但是心里有一个声音却异常清晰:“这个厂不能待了,我要吃饭,所以必须要找到新工作。”

她揉着太阳穴，努力定住心神，开始站起来摇摇晃晃地走。她不觉得饿，只是不停地走，心里像有一团火，烧得她胃疼。她终于走不动了，嘴里有一股股的酸水往外冒，身子软得像面条。她一屁股坐下来，看清楚自己坐在了一处光洁的大理石台阶上，身后是一家大型超市，牌子上写着“家乐福百货商场”。

一个星期以后，已经是一个熟练的超市售货员的小红终于鼓起勇气，回到她跟自己的初恋共同编织的爱巢里去，取那些属于自己的东西。她是下午去的，估计那个时间耿立国应该在上班。她推开房东家院子的大铁门，一步一步走向这个自己亲手垒起来的小窝，如同燕子回到去年的旧巢，那门口的木槿花正在热烈地开放，破旧的门玻璃后面是她亲手粘贴的窗纸，那上面的图案是一个女生正坐在男生的自行车后座上，一头长发快乐地在风里飞扬。她捂住发酸的鼻子，让眼泪无声地流下来。过了好久，等自己的情绪平静下来，她掏出钥匙打开房门，看到房间里一切照旧，可能他根本就没有回来过。她弯腰小心翼翼地收拾着自己的东西，看到脸盆和床上翻动的痕迹。不，他回来过了。

“他是自由的，他没有被那些人限制住自由。”她正这样想着，院子里有脚步的声音，门被推开了，耿立国走了进来。她呆住了，慢慢站直身子，男人已经走上来，把她紧紧地抱住了。

“这些天你在哪里？可把我急死了。”他诉说着自己的焦急，胡乱地亲着怀里的女人，他的胡茬扎得小红生疼，这疼让她的心都融化了。男人开始动手解她的衣服，她迟疑了一下，浑身软得像一摊泥，推出去的手没有了半分力气。她一肚子的委屈在那个瞬间无影无踪，心里只有一个念头：他是喜欢我的，只要他愿意就好……

小红那天晚上留在了小屋，这样她就不用再去挤超市女员工的宿舍。她是自己留下来的。耿立国已经不敢在外面留宿，这会让他的爹娘认为儿子拈花惹草，也会让村里人认为老耿家教子无方。在人们眼里，他和小红的恋爱就像偷情，因为耿立国是个定了亲的男人。在这古齐国的旧都，人们不去关心他们是否真心相爱，他们关注的是“父母之命，媒妁之言”。

当然，还因为那个五大三粗的胖姑娘，她的舅舅是村里的会计，也是那个陶瓷厂的财务科长。

日子就这样过下去了，仿佛一切都没有发生过。但是他们都知道，再也回不到从前了。他们每天早晨出门各忙各的，到晚上回来，除了吃饭就是睡觉。他们之间很少交谈，谈话也仅限于日常的柴米油盐，仿佛一对早已消磨掉激情的中年夫妇。其实，他们都在刻意躲避那个敏感的话题，而躲避的最佳方式就是不断地上床。他们不让一天晚上空闲。好像只要他们彼此拥有，生活就没有改变。有很多个夜晚，当激情过后，男人睡得像一头死猪，而小红却失眠到天亮。她闭着眼，在黑暗里冷冷地看着那个男人在半夜里醒来，匆匆穿好衣服，像一个小偷一样溜出门去，回到他“安善良民”的生活里去。关于未来她不愿想象，而这两个字却像个怪兽，总是趁着黑夜地掩护，冷不丁就会跑出来，撕扯着她的心。

过了一段时间，夏夜里蚊子已经把人咬得受不了。她要他买一床蚊帐。

“就买商场里今年的那个新款，可漂亮了。”她说。那顶蚊帐像童话里公主的城堡，镶嵌了粉红的蕾丝花边。第二天他抱回来一床蚊帐，却是家里用旧的。她回到家看见挂在房间中央的素白幔帐，情绪一下子失控了。她把蚊帐扯下来，用手撕，扔到地上用脚踩，拿出剪刀剪，仿佛那是个十恶不赦的强奸犯。

"不就是个蚊帐嘛！"那个温柔娇小的柔弱女孩不见了，眼前这个犹如泼妇的女人，让他觉得不可理喻而又哭笑不得，"不都一样用吗？挡住蚊子就行呗！"

"你滚！"小红扔掉蚊帐，把剪刀对准了男人，那眼神冷得像屋檐下的冰柱，闪着冬天清冽的天光。

男人愣住了，嘴唇动了动，却啥也没有说出来，一摔门走了。

秋天的一个早晨，小红早起去上班。她像往常一样，揉着惺忪的睡眼，在路边胡乱填饱肚子，当她走到商场门口，看到有警察围在那里，大门紧闭着，两道大大的封条交叉成十字，贴在商场大门的玻璃上。周围的人群都在窃窃私语，说这家商场已经欠钱倒闭了。她蒙了，用手拨开指指点点的人群，走到门口，恳求警察放她进去。

"我的东西还在里面呢！"她的两件换洗衣服，一条心爱的丝巾，一张存折——存折里有她的全部家当——二百块钱，都被封在了商场里。自从耿立国走后，她总觉得那个出租房不安全，担心存折随时会弄丢，所以放在了商场里。

"不行！"警察看她一眼，懒得多说一个字。

小红无助地走在街上，太阳晒得她有些发晕，走着走着，她猛然发现自己不知不觉走到了汽车站，于是她机械地坐上了一辆开往家乡的长途汽车。

“我压根也没有想过去找耿立国，那个时候，一丁点那个想法也没有。”二十年后，小红笑着告诉我。

那一天，她在长途汽车上跟卖票的大嫂聊起来，发现是老乡，那个烫了发的时髦大嫂对她的遭遇表示了同情，并同意她可以拖欠车费。“谁出门没个难处，记得下次给我就行。”

“就是我看见你的那一天吗？”我问她。那时候我正在县城读高中，我们都是住校生，从宿舍到教室再到食堂，三点一线，这就是我们的全部生活。那一天鬼使神差，下课后我竟然走到了学校大门口来。也许是太憋闷了，想来门口放放风。校门口集中了很多小地摊，有卖玩具、吃食、书籍、针线的，吆喝声此起彼伏。我像一个退休的老大爷，正饶有兴致地观看这人间烟火，忽然看到一个亭亭玉立的姑娘，我揉一揉眼睛，呀！竟然是小红，她穿着最新款式的连衣裙，素白底色上洒满了黑色的小斑点，那么雅致，那么清纯，就像一株娇美的荷花。

“嗯，那天我到了县城，回乡镇的客车还没到发车的点儿。我随便走走，就走到你们高中来了。我就是想看看你，看看你们这些考上高中的天之骄子，我真羡慕你们啊。”

可是，那一天，我多么羡慕她呀。她的穿着比起我们那些土里土气的女同学，不知道要好看多少倍。她已经前凸后翘的身材，在我眼里就像高傲的白天鹅。我以为小红是来找什么别的人，我为自己的偶遇激动不已。

而当时，我只会激动地搓着手，涨红了脸，双眼逡巡着地面，嘴里哼哼唧唧憋了半天，也没有勇气朝漂亮的姑娘看上一眼。我们挨得那么近，我都闻得见她身上淡淡的肥皂香味儿，在那个阴凉的大门洞子里站了一会儿，我憋出一头的汗，最后匆忙打了个招呼就落荒而逃，临走也没有把邀请她去学校里看一看的话送出嘴边。

小红说，那天见到我，她还是很快乐的。她不敢想象能碰上同学，更不敢奢望能碰上我，毕竟学校那么大。

"看来上天还是很眷顾我的。"

年轻人就是这样，好心情一下子就回来了。她下午坐上了回家的客车，到晚上，经过了邻居、亲人的寒暄问候和一顿略显丰盛的晚饭，小红已经像过去一样换上家常衣服，提着泔水桶去拌猪食了。几天以后，当那种短暂的陌生感彻底消失，生活又回到了以前的样子。母亲的责骂、父亲的怒吼、弟妹的啼哭，中间夹杂着奶奶的唠唠叨叨，这里平静的生活就像村外的水湾，仿佛小红从未远行，或者是在自己的房间里睡了几天。

可是，小红心里清楚，她再也不是以前的自己了。有好几次，她都想把自己的遭遇倾诉给母亲，但是话到嘴边又停住了，不是时机不对，就是母亲没有倾听的欲望。她的满眼满心，都是琐碎的日子和哭闹的孩子。这么大的闺女村里多的是，都是干活，长大，过个一两年，给她找个婆家，让他们过自己的小日子去。

小红忍受不了这种生活，终于找到一个机会，她约上村里四五个年龄相当的姑娘一起去了青岛。那是一个服装厂，看门的保安是我们村里人的亲戚，听说需要学徒工，小红第一个报了名。这些姑娘从没有出过远门，她们听小红说起外面世界的种种精彩，不禁心生羡慕。现在有这样的机会，又有小红来做主心骨，她们都鼓起勇气说服自己的父母。她们转了一次又一次车来到青岛，青岛的高楼大厦就像电视剧里的香港，太令人兴奋了。不过小红却冷静地看出，那个刚刚围起来的还长着庄稼的“工厂”是有多么不靠谱。她们挤在崂山脚下的农家大院里勉强待了一周，小红就找机会进入市南区一家超市做起了销售员。不到半年，那个所谓的韩资服装厂果然人间蒸发，小姐妹们有的选择回家，有的跟着小红进了超市。

在超市里，小红很快接受了一个本地男青年的追求，开始恋爱。她平静地向小姐妹们解释，自己是肯定不会回到村里，去嫁人种庄稼的。这个人虽然一脸疙瘩，可毕竟是本地人。

“我嫁给他就是青岛人了。”她安慰着小姐妹们的担忧。

小红打了几年工，手里攒了两万块钱，心里不安分起来。她的疙瘩脸男友也在旁边煽风点火，于是小两口信心满满地盘下了小区门口的一个有着两间门脸的小超市，开始了“夫妻店”生涯。生活虽然忙碌，但是一想到这个店是自己的，小红心里就充满了干劲。这期间小红怀孕了两次，都打掉了。他们都忙得顾不上结婚，更别说要孩子了。等到小店走上正轨，手里宽裕起来，小红雇了一个大嫂帮忙，自己才喘过一口气来。

这期间男友回来得越来越晚，小红禁不住问他在忙什么。

“不是忙着进货嘛！”男友不耐烦地回答。

小红也没有多问。有一天，小红偷偷跟着他出门，经过了一番谍战片一般地操作，小红直捣了男友那群狐朋狗友的赌场老巢。屋子里烟雾弥漫，纸牌和现金乱扔在桌子上，他们聚在一起，赌红了眼睛。

小红认真地跟男友谈了一次，她要他罢手。男友红着眼睛说了实话，原来他已经欠了人家十六万，他罢不了手了。

那是 2002 年，小红已经 24 岁了。

那年冬天，已经当了工人的我回家来过年。在年集上，隔着一个卖春联的地摊，我看到马路对面一个卖甘蔗的小贩面前，站着一个颇有风韵的小妇人，她穿着黑呢子大衣，柳腰款摆。她背对着我，我不禁望得痴了。

那女人回过头来，微蹙着额头，开始蹲下来挑拣春联。她有着一张苍白的面容，涂着很厚的粉，遮盖着皮肤的憔悴。她猛然抬起头来，倦怠的眼神一下子明亮了。

“啊？是你！”

我们几乎异口同声喊起来。小红和我一样激动，她跑过来抓住我的胳膊，急促的脚步差点儿让高跟鞋崴了她的脚。我们为这偶然的相遇兴奋不已。她邀请我去她家。我们骑着自行车，聊着各自的生活，心里快活极了。在她家里，我看到小红影集里那些写真照片。小红大大方方地跟我并肩欣赏，我却看得面红耳赤，心里忍不住骂自己土包子。倒是小红的母亲，看见我还是“嘎嘎”地笑着，给我端这端那。

几个月以后，小红给我打电话，说是从青岛回家，路过县城来请我吃饭。我把自己的简易塑料衣橱翻了个底朝天，第二天穿着一套崭新的西装，兜里揣了两百块钱去赴宴，临出门又借了一条领带系上。

到了约好的饭店，发现小红已经穿了无袖的裙子，白皙的玉臂露出来，一款小巧的翻盖手机吊在胸前，用一根白金的链子拴着，在胸前荡啊荡的，引人遐思。旁边坐着她的疙瘩脸男友，胳膊上文着青龙，穿着大裤衩子和拖鞋。小红悠然看着我们俩，一副置身事外的表情。

我低头看看自己中年大叔的西装，一股包裹不住的土包子味儿，顿时自惭形秽起来。

那顿饭吃得索然无味。

我再遇到小红是两年以后，她已经成为县城环卫队里最年轻的一名环卫工人。我碰到她是在广场上，她正在清扫着落叶。当时我正领着自己新婚的妻子在广场上散步，看到她便热情地邀请她去家里吃饭。她冷冷地瞥了妻子一眼，说自己还有工作。她穿着破旧的工作服，臃肿过时，上面沾满了灰尘和泥点子。不过她露出的脖颈依然白皙，她戴着口罩，遮住了大半个脸，胶皮手套护住了她的双手。看来她很注重保养。

“娇气！”旁边那些同样作为环卫工人的老婆子们鄙夷地说。

小红不吭声，也许她根本就没听见。回家以后妻子说，小红戴着蓝牙耳机呢。

“瞧人家，毕竟是在大城市待过的，扫大街还听着音乐。”妻子说完咯咯地笑起来。

我厌恶地转过头去。第二天，我独自去找小红，小红正在马路边浇花，雨靴底上沾满了黄泥。她站在花丛里，忽然直起腰，把水管子扬起来，水流漫天飞舞，洒成细密的雨线。水珠落在花瓣上，落在叶子上，滴滴圆珠样的滚动，天空中就出现了一道人工彩虹。她看着天，嘴角扬着微笑，好像自己是幕后的上帝，有着操控一切的法力。

这一刻，她天真得像一个孩子。我躲在大树后面，一直等她玩儿够了，才走出来跟她打招呼。

“你能借我一千块钱吗？”小红跟我并肩走着，漫不经心地说，“一百也行，不过别指望我能还你。”她说得那么随意，但是语气里带着一股决绝。

就是我跟她的疙瘩脸男朋友吃饭那次，回老家以后，他们彻底闹崩了。那家伙处心积虑想从老人身上挖点儿钱，看小红防得严，就抽冷子诓骗了一个同村的小姑娘跑了。小红追到青岛，几番撕扯，最后还是把超市交付出去，才换回那个同村小妹的前途。

小红又开始打工，不咸不淡地谈了个男友，陪着他加入了一个传销组织，等到使出浑身解数逃出生天，已经身无分文。她就像一个又输掉了一局比赛的拳击手，搭车回到县城以后再也剩不下一丝力气。她鼓不起勇气坐上回乡镇的客车，她不知道村里人怎么看她。

“如果回去，也许我会死在家里，上吊或者喝农药。”她告诉我。县城里没有多少用工的信息，她走到广场，看见老大爷们在给绿化树剪枝，就加入了这支以老年人为主的劳动队伍。

“工资五百，正好够食宿，”她平静地说，“你如果借给我钱，我就到市里去。”

我二话没说，掏出钱包数出两千块钱给她。

“你媳妇还不吃了你？”她笑着，又数出一千块递回给我。我不接，她硬塞进我兜里。“倒像是你在借我的钱。”她笑了，我也笑了。

从此我再没有小红的消息，我在小县城里过日月，她在我认知以外的世界里生活。某位哲人说，我眼睛看不见的地方就不存在，那么小红对我来说已经消失了，不存在了。

我把父母都接了出来，那个小村已经很少回去。就是回去上坟，也是匆匆来去。我的生活越来越忙，当然收获也越来越多。我用上手机，买了电脑，手机和电脑接二连三地更换。我买了楼房，买了汽车，汽车买了两辆，楼房买了三套。

有闲钱了，我也去买保险。保险公司有一个讲座，据说非常高大上，我和妻子开了一个小时的车，来到市里，手持烫金的请柬，步入一座酒店。酒店装修得金碧辉煌，水晶吊灯像瀑布一样从五楼上倾泻下来。礼仪小姐个顶个儿漂亮。

她们穿着开叉很高的旗袍，扭着腰肢，引领我们两口子穿过铺了红毯的走廊，来到演讲大厅。大厅真大呀，阶梯座位一层层排上去，上面还有二楼。大幕已经拉开，我们刚坐下，市电视台的主持人就开始宣布："有请今天的演讲嘉宾——郭小红女士隆重登场！"

小红就是那样撞到我的眼前来的。她穿着得体的女士套装，一头短发利索又时尚，她说着标准的普通话，那声音就像山泉水滴落下来，"叮叮咚咚"那么好听，我们都惊呆了。我满眼里都是她的嘴巴一张一合，一直到她演讲完，我一句也没听进去。

小红发现了我，她款款走过来，大大方方地跟我们夫妇握手，会后邀请我们去吃饭。她带来了自己的儿子和老公，儿子长得很壮实，虎头虎脑的，老公成熟稳重，是一家清洁设备企业的老总。

吃完饭我们去喝茶。她的老公有客户要见，顺便把孩子带走了。我的孩子吵着要玩滑滑梯，妻子陪她去玩。我和小红坐在那里，一时都陷入了沉默。小红背对着我，她趴在栏杆上，出神地看着窗外的白云。我问她："你老公对你好吗？"

"好，"她转过头来说，"是非常好那种。"

"不见得吧。"我揶揄着她，"也没见他给你夹菜呀。"

"切，我又不是十五六岁的小女孩了。"她不屑地撇撇嘴。

那年，她到东营去打工，通过招聘信息进入一家清洁设备公司。她的主管是一个朴实的小伙子，长得浓眉大眼，虽然话很少，但是专业能力很强。在外人面前是稳重，在小红面前就是沉默。两个人在一起一个月，整天加班，吃住都在厂里。后来熟悉到只需要一个眼神，就知道彼此的意思。

“方便面他爱吃香菇炖鸡味的，饭后不喝茶水。”小红笑着说。另外，她还知道了这个男人不抽烟、不喝酒、不打牌、不吃刨冰，每天早睡早起，没有一点儿坏习惯。到这么熟悉的程度，他们之间说话没有超过三十句。

后来，有一个同行企业来挖人，小红想跳槽。那一天下午，她走进办公室里间去，对着男人说出自己准备离职的想法。

“要不你别走了。”男人抬起头来，正视着小红的眼睛，“我们结婚吧。”

说到这里，小红笑得前仰后合，足足有五分钟，小红才揉着肚子停下来。

“他跟我说他爱我，早就看上我了。那家公司最早要挖的人是他，为着我，他没有答应。”

小红没有立刻答应他。那天下午，她坐在他的对面，把关于自己的一切原原本本地告诉了他。最后，她告诉男人：“我也爱你，我从一见你就喜欢你了。可是，我不知道自己配不配得上你。”

男人从宽大的写字台后面转出来，小红站起来，他把小红抱住了，他们紧紧地抱在一起。

“我不在乎！我也有一个女朋友，谈了六年，她后来离开了我。”男人在她的耳边说。他的泪水流出来，打湿了她的衣服。他们彼此在对方的怀里放声大哭。

后来他们双双离职，创办了属于自己的公司。业务走上正轨以后，小红开始全职在家带孩子。孩子大了，不安分的小红跟着宝妈们接触到保险，没想到这个行业非常适合自己，她从业务员干起，经过培训，带团队，渐渐成为省内著名的讲师，后来就天南海北地讲课，飞来飞去。她的老公倒要反过来给她当好后勤。

“幸亏我们对彼此都足够坦诚。”小红轻啜了一口茶，幽幽地告诉我。

后来，青岛那个满脸疙瘩的家伙贼心不死，他不知道从哪里打听到小红的近况，就在她出差的日子里找上门来。第二天，小红赶到家的时候，发现房间里烟雾缭绕，烟灰缸里

满满的烟蒂，两个男人彼此对坐着，一夜未眠。

男人后来告诉她，那个家伙要一大笔封口费，他说不可能。那疙瘩脸就开始跟他说关于小红的一切，说她的私生活有多么乱……男人捏紧拳头，却淡淡地告诉他："我都知道。"

"你知道？！"

"知道。"

终于，那个疙瘩脸恨恨地走了。临走，他又回过身来，对着男人竖起大拇指："我服了。"看到男人握紧的拳头，他边往外退边说："你别生气，我再也不来打扰你们的生活了。"

"滚！"男人说，这家伙要再不走，自己真会忍不住把他踹倒在地上。

有鸟丁令威

雪梅是我们村走出的第一个名牌大学生。

她被邀请去高中母校给学弟学妹们做报告，她的班主任也受到了表彰，后来提了副校长。她学的是经济学专业，毕业以后有很多的证券、银行和保险公司来招聘她，她都不去，最后考入了国家部委的公务员，很快就被提为副处长。

那个邻居家朴实的小妹妹，那个挎着菜篮子、汗水打湿了刘海的丑小鸭，终于华丽转身，破茧成蝶，长成了美丽的白天鹅。

那年夏天，我第一次进北京，用家里人抄来的呼机号码联系上了她，找到她大学的宿舍。她穿着天蓝色的牛仔裤，干净的马尾甩啊甩的，浑身上下洋溢着青春的气息。她带我去吃肯德基，陪着我逛了一下午燕园。我们从西门进去，从北门出来。她拿着借来的相机，“咔嚓咔嚓”给我拍了很多照片。未名湖的波光和塔影，永久地留下了我的身影，也圆了我多年的梦。

她灿烂的笑脸，就像三月里碧绿的麦苗上空那温暖的阳光。灿然一笑，春风十里。

她是家乡的骄傲，后来她帮忙为家乡促成了几个大项目，着实安置了不少人就业，当地经济也因此上了一个大台阶。再后来她去地方上挂职副县长，眼看着回来还要升的。

可是，在她挂职期间，她的丈夫出轨了。本来出轨也没有什么，只要浪子回头就会金不换，如果不回头就离婚，当然还有第三种情况，那就是既不回头也不离婚，互不干涉。这种情况就是在小县城也时有发生，这一般是那些注意影响，不方便离婚的夫妻，他们的婚姻名存实亡。

可是雪梅选择了第四种，她去闹，去吵，一直闹到声名狼藉，斯文扫地。他们离了婚，她几乎放弃了所有利益，只为争取孩子的抚养权。

她成功了，孩子跟她。可是不久她就患了抑郁症，开始症状不是太明显，后来越来越严重，到最后已经不能维持正常的生活。

她在几次试图自杀之后，无奈把孩子送回老家，送回村里，交到年迈的胖叔和胖婶手上，自己选择离家出走。

她从此消失了。

有人说她漂泊到了南方，有人说她去了澳大利亚。总之，这个人退出了我们的生活。

县里的项目是地方领导的政绩，由此升迁了很多人，无论是安置的职工还是升迁的领导，大家都有自己的日子。

她的同学有的当了领导，有的挣了大钱，有的仍然卑微如尘土。为了生活，都在忙忙碌碌。无论是谁，都抽不出时间回忆过去。她的父母正在养育她的孩子，就如同再养育一遍她自己。日子仍旧过着，随着时间流逝，伤痛正在结痂。

是啊，生活还要继续。

她家的老屋即将随着村庄拆迁，届时，她存留过的痕迹也将一并付诸尘土。

有时候我想，她可千万不要回来。如果她突然出现，将会引起怎样的情感地震？

可是，我又知道，她肯定会回来。即使人不回来，在午夜梦回，那魂灵也会随着清风返回，来看一眼自己的家乡。

家，就是你出生的地方，就是你长大的地方，就是你父母住的地方，就是你亲人生活的地方。

即使你千年以后，化为一只飞鹤，你也会振翅徘徊，用鸟语唱出思乡的歌谣：有鸟有鸟，丁令威，离家千年今始归……

拆 迁

村庄要拆迁了。

这个日子，人们从四面八方赶来，只为了看小村最后一眼。

那些出门的游子，那些进城的老人，那些匆匆过客，那些节假日才会偶尔回来一趟的小家伙们，都像被线扯着四处飘荡的风筝，在今天都回到了最初起飞的地方。中年人搀扶着年迈的父母，手牵着蹦跳的儿女，从一辆一辆的汽车上下来。这些车有进口的、合资的、国产的，闪动着各式各样的车标，锃明瓦亮一大片。这些人，有穿着西装的、穿着休闲装的、穿着裙子的，有戴着眼镜的、戴着手表的、戴着项链的。

手续都已办好，拆迁费和安置补偿办法都已到位。安置楼房就矗立在乡政府办公楼后面，在大闷的门店旁边。仿照着城里的样式，还在安置楼旁边新建了社区文化中心和幼儿园。

这里将要重新回归为一片田野，跟远方的田野连成一片，成为建林中药材种植基地的一部分。另外，还有几家家庭农场在这里诞生。他们拥有着先进的联合农机具，春天开耕的时候，恍如万马奔腾，蔚为壮观。

村子已经空了，拆迁之前，绝大部分房屋已经无人居住。那些墙皮，在一块一块地剥落。

有的房屋，就在某一个时刻轰然倒塌。那或许是在傍晚，或许是在深夜。有时候有风，有时候安安静静的，一丝风也没有。

就像一位老人，默默背负着阳光和星辰，忽然就累了，就躺倒在地。

重新回归到泥土里去。

只有院子里的树和杂草在疯长。

当推土机开过来的时候，人们还是流了泪。有的人家点燃了黄草纸。在火光里，有的老人跪下来，朝着老房子叩头。

那是自己的父辈祖辈堆砌的家，那是自己燕子衔泥堆砌的巢。一块土坯，一把碱草，一锨黄泥，都和着年轻的血和汗。

还有泪。

我举起手来，挡住推土机高高的巨铲。我弯下腰，从门前茂密的荒草里，拔出两棵“秃噜酸”。它叶子上的绒毛，在阳光下泛着浅浅的白。

我把它放进嘴里，咀嚼着，咽下去。一股酸意直冲我的鼻孔，我抬起头，阳光如瀑布般倾泻下来。

尾声

我讲到这里的时候，我们已经坐在西餐厅里了。对面是火车上同坐的姑娘，她正在小口小口地喝着汤。

我讲到聚老鼠的时候，车过曲阜；我讲到收魂的时候车过徐州；车过南京的时候，我讲到了“小贵州”的死；后来火车到站了，我们一起走出来，穿过熙熙攘攘的人流，她始终跟在我的身边，亦步亦趋地听我讲述。走到冷饮店，她邀请我进去喝一杯冰水，我们又一起度过了小半个下午。现在是吃晚饭的时间了。她把我领到隔壁的西餐厅，叫了两份牛排，问我：“你在上海待几天？”

我说待三天，她嘻嘻笑了，说：“我家就是上海的，这几天我可以当你的免费导游。”

我说：“那怎么好意思。”我其实是挺高兴的，就又赶紧说：“那真是麻烦你了，多谢你。”

她一本正经地说：“不用谢，你真的不用谢我，因为你回去的时候需要带上我。”

“啊？你去哪儿？”

“我要跟你走，我要跟着你去黄河口，去新淤地上看一看。”她说。

所有尚未发生的

都在酝酿

一次飓风

一场暴雨

一朵路边野花的开放

后 记

沈从文先生写作《边城》，那“边”是什么意思呢？大概是“边疆”吧，是“老少边穷”吧。在他心里，那里就是文明世界的边缘。

照这个意思，我的家乡应该叫“边村”。我曾经写过一篇文章，叫《公路尽头是我家》。天下的水泥公路都是相通的，从县城，甚至从省城，层层铺展下来，越来越细，越来越窄。从乡里拐下来的时候，就已经细如毛发了，接连穿过好几个大村，到了我们村里，就成了真正的毛细血管。等到从村支书的院子前经过，就剩下了一条“尾巴”。这“尾巴”，恰好伸到我们家门前，没了。

我们都是泥腿子，从田野走来，从那些羊肠小路走来，赤着脚，裹着两腿的黄泥，终于踏上了这灰灰的、硬硬的公路，心里是畅快的。那种畅快满满地溢出来，就像流着奶与蜜。

所以，很多年里，我都曾自豪地说："我们家是公路的起点。"

一晃二十年。

这些年，无论人生如何变幻，我的生活始终是在水泥路上的。当然，双脚也经常踩踩土。那心却永远悬着，落不到实处，知道在下一刻，或者下下一刻，就会迈回到公路上去，跺掉鞋上的尘土，回到车上去，回到楼房里去，睡在比鸟窝还要高的床上去。我也知道了，公路之外还有更宽的公路，水泥公路之外还有高速公路，还有高铁，还有飞机。千里京沪一日还。高速公路就像大地上纵横交错的粗壮血管，一旦跨入任何一个收费站口，就汇入了高端生活的滚滚洪流，从这一座城市，到下一座城市，跨州过府一往无前。如今，人生已过不惑之年，我终于知道，于我来说，四十公里的距离比四千公里还要遥远。

站在公路的角度，我的家，其实是公路的终点。

今天，我又一次踏上了公路的尽头。撒满羊粪蛋蛋的羊肠小路上，车辙印子清晰可见。我知道，夏天车辙里就会积满了雨水，褐黄的积水会持续到流火的七月。土坯墙围成的小院子，已经地处村子的东北角。举目一望，荒原四野。我知道，冬天这里会刮很猛的东北风，因为没有遮挡，荒野的风会直接灌进来，让人掩不住口鼻。这里就是文明世界的边缘。站在房根下，面对着那无边无际的荒野，一股熟悉的清冽扑面而来。我忽然很惶恐，因为现在，我的脚上已经有了鞋。

那里曾经是我们的世界。冬天干硬的土雪下面，其实生机已经在流淌。春风一吹，桃花先放。远望有融融绿意，近瞧却依然黄土。芦草最有劲，茅草也不含糊。柳树能拧哨时，菇荻比现在的反季节水果都甜。春水一浇，麦苗返青，该种棉花了。现在都时兴看油菜花，这黄得太嫩，比不了以前的麦浪。倒茬种夏粮，玉米棒子最是长得快，锄头遍草时才到脚面，几夜就齐腰。等到比人高，青纱帐里就能发生很多故事。黄瓤的甜瓜开始熟了，跳到湾里去洗澡。香的是面瓜，顶脆的是梨酥瓜。红瓤的大西瓜一切开，其他的就顾不上了。开始拾棉花，抬起头来看峥嵘的云头，千姿变幻。掰棒子、收谷子、砍高粱、刨地瓜、拔萝卜、运白菜……再浇一遍地，犁地倒茬种麦子。等到拔了棉柴，庄户汉们就把手笼进袖里，牛是不再牵出去了，只能吃秋天晒下的干草了。

我站在村子东北角的房根下，抹一把湿润的眼角。我对面前的田野如此熟悉，那里停泊着二十年前我的生活。在文明世界的边缘，田野连着田野，这里的田野连着远方的田野。它们包围着村子，包围着县城，包围着省城。就像连绵不尽的海水，包围着一块块陆地。站在任何一个海角，那清冽的气息都是如此熟悉。

这里是黄河口精品民宿的农家院，有土炕和大灶台。今夜我要在这里住下来。就让我喝一口黏稠的玉米粥，睡一晚土炕吧，好安放我悬了二十多年的灵魂。

补记：本书得以出版，首先要感谢济南出版社的编辑尹利华老师。他在电话里说，从下午收到书稿，一直到深夜，他是一口气读完的。他与我同年同月生，对书中人物和情节产生了极大的共鸣。正是他的坚持，此书才得以面世。

我还要感谢我的语文老师们：张存福老师、杨国才老师、张廷茂老师、薄纯学老师、王平老师、孟祥林老师……我出生在黄河口一个偏远的农村，从小学到高中，是他们给我开蒙，教我认字。他们中有的已经作古，有的已是高龄，有些是民办教师，晚年还在田里干农活，但我每次看见他们总是心怀敬意；想起他们的名字，心里就很温暖。

我读的是理科，靠兴趣自学了大学语文和写作知识。我一路跌跌撞撞走来，碰到了很多的一日之师和半日之师，还有很多亦师亦友的朋友，他们都在或直接或间接地鼓励着我，如李敬泽、吴义勤、张炜、李一鸣、李掖平、石一枫、宗永平、张莉、赵德发、许晨、刘玉栋、张世勤、张期鹏、丁建元、李木生、赵月斌、李登建、陈瑾之、马行、瓦当、赵建英、鲁北等等，对此我一直心存感激。这些暗夜里的萤火，汇成灿烂的星河，一路支撑着我默默走过来。

我要特别感谢隔壁班的李振河老师，是他让我的作文第一次作为范文在年级里传诵；感谢王邵君先生，是她让我的文章第一次变成铅字；感谢韩芍夷先生，她让我的文章第一次获奖并登上了专业的文学期刊；感谢王剑冰先生，是他的慧眼让我的文章第一次进入了全国年选。他们和我有的仅是点头之交，有的只是萍水相逢，有的从未谋面，是文学让我们彼此温暖。他们是我生命里的花朵。

我还要感谢宏森和清才的作品《阳光与蛇》，是它把我引到文学这条路上来。古今中外的先贤用他们的著作滋养了我，在我的脸上刻下眼袋，在我的心里刻下年轮。文学不是必需品，但是没有文学，世界就像缺少水和空气一样，使人干渴并窒息。

当然，我还要感谢我的父母，我的家人，我的同学，我的同事，感谢他们对我的包容和支持。

感谢所有我认识的和认识我的人。世界如此美好，我爱你们。

感谢这块土地。感谢这条河流。感谢大地上的生灵。感谢那些来去自由的风。

感谢那些闪亮的日子。

最后，感谢那些诞生我们并且养育我们的村庄。

这是我的村庄，也是你的。

宋词

2022年8月于蝉蜕小居